世《よ》にもふしぎなS《エス》C《シー》P《ピー》ガチャ！①

かわいい猫《ねこ》にご用心《ようじん》

にかいどう青《あお》／作
東京《とうきょう》モノノケ／絵

講談社 青い鳥文庫

もくじ

CONTENTS

そのきみ、すまないが、このあたりでおかしなガチャを見《み》なかったか？

SCP《エスシーピー》**ガチャ**というんだが。

そうか。見《み》ていないならそれでいい。

ん？　SCP《エスシーピー》ガチャとはなにかって？

願《ねが》**い**をかなえると同時《どうじ》に、**SCP**《エスシーピー》**オブジェクト**をコピーする**異常存在**《いじょうそんざい》だ。**SCP財**《エスシーピーざい》**団**《だん》が確認《かくにん》している奇妙《きみょう》な物《もの》や現象《げんしょう》を、ぼくらはSCP《エスシーピー》オブジェクトと呼《よ》んでいる。

この世界《せかい》には、常識《じょうしき》では説明《せつめい》できないふしぎなことがたくさんある。
そうした異常存在《いじょうそんざい》を、
確保《かくほ》（**Secure**《セキュア》）、
収容《しゅうよう》（**Contain**《コンテイン》）、
保護《ほご》（**Protect**《プロテクト》）し、
一般人《いっぱんじん》を守《まも》ることが、SCP財団《エスシーピーざいだん》の役目《やくめ》だ。

SCP《エスシーピー》ガチャは、たしかに願《ねが》いをかなえてはくれる。

しかし真《しん》に希望《きぼう》どおりとはかぎらない。

なにより、ひとびとに危険《きけん》をもたらす異常存在《いじょうそんざい》――オブジェクトまでも、ほぼ忠実《ちゅうじつ》にコピーしてしまうため、とても厄介《やっかい》だ。

オブジェクトは、その危険度《きけんど》によって大《おお》きく3つにクラスわけされている。

安全《あんぜん》に収容《しゅうよう》できるものは**Safe**《セーフ》、収容《しゅうよう》できるが予測不能《よそくふのう》なものは**Euclid**《ユークリッド》、収容《しゅうよう》がむずかしく費用《ひよう》もかかるものは**Keter**《ケテル》。

もし、SCP《エスシーピー》ガチャを見《み》かけても、ぜったいに近《ちか》づかないでほしい。


ああ、そうだな。すまない。名乗《なの》るのを忘《わす》れていた。

ぼくの名前《なまえ》は**クオリア**。SCP財団《エスシーピーざいだん》のエージェントだ。

もっとも、ここでぼくと話《はな》したという記憶《きおく》は消去《しょうきょ》させてもらうがね。

SCP《エスシーピー》財《ざい》団《だん》とは

SCP《エスシーピー》財団《ざいだん》は異常存在《いじょうそんざい》（オブジェクト）からひとびとを守《まも》るため、世界中《せかいじゅう》でひみつの活動《かつどう》をしている。SCP《エスシーピー》はSpecial《スペシャル》（特《とく》別《べつ》）Containment《コンテインメント》（収容《しゅうよう》）Procedures《プロシージャーズ》（プロトコル）の頭文字《かしらもじ》であり、オブジェクトはこの「特別収容《とくべつしゅうよう》プロトコル」にしたがって、財団《ざいだん》の施設《しせつ》でてきせつに管理《かんり》される。

SCP《エスシーピー》財《ざい》団《だん》の使命《しめい》は3つ。

- オブジェクトをひとびとや組織《そしき》に利用《りよう》されないための**確保《かくほ》**（Secure《セキュア》）
- オブジェクトの影響《えいきょう》や情報《じょうほう》の拡散《かくさん》をふせぐための**収容《しゅうよう》**（Contain《コンテイン》）
- オブジェクトを安全《あんぜん》に観察《かんさつ》するための**保護《ほご》**（Protect《プロテクト》）

確《かく》保《ほ》　収《しゅう》容《よう》　保《ほ》護《ご》

オブジェクトは収容《しゅうよう》のしやすさによってクラスがわけられる。安全《あんぜん》に収容《しゅうよう》できる「**Safe**《セーフ》」、収容《しゅうよう》に多《おお》くの資源《しげん》が必要《ひつよう》となる「**Euclid**《ユークリッド》」、収容《しゅうよう》がきわめてむずかしい「**Keter**《ケテル》」である。

Safe セーフ　Euclid ユークリッド　Keter ケテル

登場《とうじょう》人物《じんぶつ》紹介《しょうかい》

クオリア

SCP《エスシーピー》財団《ざいだん》のエージェント。髪《かみ》をピンクベージュに染《そ》めている。中性的《ちゅうせいてき》な見《み》た目《め》や声《こえ》をしており、年齢《ねんれい》は14歳《さい》くらいに見《み》える。

SCP《エス シー ピー》ガチャ

クオリアがさがしている異常存在《いじょうそんざい》。1回《かい》10円《えん》で、さまざまなオブジェクトのカプセルトイを出《だ》し、願《ねが》いをかなえる。しかし、本当《ほんとう》に希望《きぼう》する形《かたち》で願《ねが》いをかなえるとはかぎらず、ひとびとを危険《きけん》な目《め》にあわせる。遭遇《そうぐう》した者《もの》はガチャをまわしたいという誘惑《ゆうわく》にかられる。

1 かわいい猫《ねこ》にご用《よう》心《じん》ください

SCP《エスシーピー》-1305 擬《ぎ》餌《じ》猫《ねこ》

まばゆい朝日《あさひ》に照《て》らされた通学路《つうがくろ》。

小学《しょうがく》5年生《ねんせい》の花菱錬人《はなびしれんと》は奇妙《きみょう》なものを発見《はっけん》した。

「あれ？　こんなとこに、ガチャなんてあったっけ？」

新《あたら》しく設置《せっち》されたのだろうか？　店《みせ》もなにもないこんな道端《みちばた》に？


願《ねが》いがかなう!?　SCP《エスシーピー》ガチャの世界《せかい》へようこそ!!

世《よ》にもふしぎなこと――異常存在《いじょうそんざい》を確保《かくほ》（Secure《セキュア》）、収容《しゅうよう》（Contain《コンテイン》）、保護《ほご》（Protect《プロテクト》）し、ひとびとを守《まも》ることが、SCP財団《エスシーピーざいだん》の役目《やくめ》なんだ。

たった10円《えん》で、きみも願《ねが》いをかなえちゃおう！

だけど危険《きけん》なオブジェクトが出《で》てきたときは……。
＊当運営《とううんえい》は、いっさいの責任《せきにん》をもちません。

説明文《せつめいぶん》とともに、カプセルトイの見本写真《みほんしゃしん》があった。

やけに胴長《どうなが》のコーギーのフィギュアには『SCP《エスシーピー》－2952』、全身《ぜんしん》にタトゥーを入《い》れた戦士《せんし》のフィギュアは『SCP《エスシーピー》－076』と記《しる》されていた。

宅配《たくはい》ピザの箱《はこ》なんてものもあって、ちょっと笑《わら》える。

「願《ねが》い、か。」

ふいに、2年前《ねんまえ》のことがレンの頭《あたま》をよぎった。

幼《おさな》なじみである玉置絵奈《たまきえな》の飼《か》い猫《ねこ》が家出《いえで》をしてしまったのだ。名前《なまえ》はマル。

あのときは、エナもレンもとても落《お》ちこんだ。

なぜ急《きゅう》に思《おも》い出《だ》したのだろう？

ずっと忘《わす》れていたのに。

まるで、このガチャが思《おも》い出《だ》させてくれたみたいだった……。

「……まあ10円《えん》なら。」

レンはランドセルから出《だ》した10円玉《えんだま》を投入《とうにゅう》し、ハンドルをまわした。

「**マルが帰《かえ》ってきますように！**」

ゴロン、と出《で》てきた半透明《はんとうめい》のカプセルにはフィギュアと説明書《せつめいしょ》が入《はい》っていた。

「えっと……『**SCP《エスシーピー》－1305**』『**擬餌猫《ぎじねこ》**』『**かわいい猫《ねこ》にご用心《ようじん》ください。**』？」

説明書《せつめいしょ》にはそれしか書《か》いていない。

「てか、このフィギュアのどこが猫《ねこ》？」

全身《ぜんしん》がたまごのような形《かたち》で、目《め》と口《くち》らしきものがあり、ひょろひょろと6本《ぽん》の脚《あし》が生《は》えている。

ギリかわいいと言《い》えないこともないけれど、願《ねが》いをかなえてくれそうな要素《ようそ》はゼロだった。

SCP
ガチャ!
1回10円

「変《へん》なの。ハズレかな。……え？」

顔《かお》をあげ、レンはとまどった。

直前《ちょくぜん》まであったはずのガチャが消《き》えていたからだ。

だれかが移動《いどう》させたはずはないのに……。

おかしいと思《おも》いつつも遅刻《ちこく》するわけにはいかないので、フィギュアなどをまとめてランドセルにしまい、学校《がっこう》へと急《いそ》いだ。

しかし、教室《きょうしつ》に到着《とうちゃく》したあとも異変《いへん》はつづいた。

ランドセルのなかから、カプセルごとすべて消《き》えてしまったのだ。

「どっかで落《お》としたかな？」

首《くび》をひねっていると、背中《せなか》を、ぽん、とたたかれた。

「おはー、レン。」

幼《おさな》なじみのエナだった。きょうは髪《かみ》を左右《さゆう》の高《たか》いところで結《むす》んでいる。

「ランドセルのぞきこんで、なにか忘《わす》れもの？」

「おーす、エナ。いや、べつにたいしたことじゃ……あ、そうだ。ちょっと聞《き》きたいんだけど、三角公園《さんかくこうえん》の近《ちか》くでガチャ見《み》かけたことある？」

「え、ガチャって、このガチャ？」

エナは右手《みぎて》でハンドルをまわすしぐさをした。

「そう。そのガチャ。」

レンも同《おな》じしぐさで応《おう》じる。

「ないけど。あんなところにガチャなんか置《お》かないでしょ。お店《みせ》もないのに。」

「だよな。じゃあさ、エナは、SCP《エスシーピー》ってなんだかわかる？」

「えすしーぴー？　んー。すごい《S》・キャット《C》・ぷにぷに《P》したい。」

「うん。エナの欲望《よくぼう》は聞《き》いてない。」

結局《けっきょく》、荷物《にもつ》のなかにフィギュアはまぎれていなかった。

やはり、どこかに落《お》としてしまったのだろう。しかたがない。

授業《じゅぎょう》を受《う》けているうちに、SCP《エスシーピー》ガチャや紛失《ふんしつ》したフィギュアのことなど、レンはどうでもよくなっていった。

帰《かえ》りの会《かい》がおわり、友人《ゆうじん》たちと学校《がっこう》を出《で》る。わいわい話《はな》しているうちにわかれ道《みち》へと差《さ》しかかり、「じゃな。」「おー。」と、レンはひとりになった。そこで、ふと道《みち》の先《さき》にいる1匹《ぴき》の猫《ねこ》に気《き》づいた。なんとなく見覚《みおぼ》えがあるような……。

「あれ？　おまえ……マルか？　ほんとに？」

チェックのリボンの首輪《くびわ》をつけた飛《と》び三毛《みけ》。まちがいない。

「あ！　もしかして、あのガチャが願《ねが》いをかなえてくれたとか？」

だとしたら願《ねが》いをかなえるかわりに、フィギュアが消《き》えたのかもしれない。

あのガチャの効果《こうか》は**本物**《ほんもの》なんだ！　すごい！

「なあ覚《おぼ》えてるか？　マル。おれだ、おれ。錬人《れんと》。」

姿勢《しせい》を低《ひく》くして、ゆっくり近《ちか》づいていく。

すると、マルがその場《ば》から動《うご》いた。

「あ、どこ行《い》くんだよ。待《ま》ってくれ。」

マルはちょろちょろ歩《ある》いていき、角《かど》を曲《ま》がってしまう。

急《いそ》いで追《お》いかけると、マルは道《みち》の先《さき》でレンを待《ま》っていた。

と思《おも》ったら近《ちか》くの家《いえ》に入《はい》っていく。

そこは長《なが》くだれも住《す》んでいない空《あ》き家《や》だった。

敷地《しきち》に古《ふる》い家具《かぐ》や家電《かでん》が不法投棄《ふほうとうき》され、町内会《ちょうないかい》でも問題《もんだい》になっている場所《ばしょ》だ。

壊《こわ》れた家具《かぐ》のすきまから鳴《な》き声《ごえ》が聞《き》こえてくる。

「そこか、マル。」

地面《じめん》にひざをついたレンが暗《くら》がりをのぞきこむ——と。

目《め》を光《ひか》らせるマルの姿《すがた》が、ぐにゃりと、くずれて。

「は？」

じっとりとあたたかな黒《くろ》でレンの視界《しかい》はぬりつぶされる——……。

○
○

……ぽーん……ぴんぽーん。

まぶたをあけると、そこは自宅《じたく》リビングのソファの上《うえ》だった。

部屋《へや》のなかはうす暗《ぐら》い。

いつのまにか眠《ねむ》っていたらしく、頭《あたま》がぼんやりする。

「……いつ、帰《かえ》ってきたんだっけ？　あー、ぼーっとする。」

ぴんぽーん。ぴんぽーん。インターフォンの音《おと》がひびいていた。

レンはソファから起《お》きあがり、モニタの前《まえ》に立《た》った。エナが映《うつ》っている。

「エナ……、どうかした？」

『学校《がっこう》で言《い》い忘《わす》れたんだけど、きょうおばさん帰《かえ》りおそいんでしょ？』

そういえば、けさ家《いえ》を出《で》る前《まえ》に、母親《ははおや》がそんなことを言《い》っていた気《き》がする。

『だから、うちで夕飯食《ゆうはんた》べない？　ってママが。ロールキャベツなんだけど。』

「ああ、さんきゅ。いま行《い》くよ。」

レンはモニタの前《まえ》を離《はな》れた。スコップやハサミなど**ガーデニング用品**《ようひん》が入《はい》ったカゴを横目《よこめ》に、玄関《げんかん》ドアをあける。

「わざわざわるい。」

「ううん。それより、レン、家《いえ》の電気《でんき》つけてないの？　なんか顔色《かおいろ》わるいけど？」

「ちょっと寝落《ねお》ちしてた。頭《あたま》ぼんやりする。準備《じゅんび》するから待《ま》ってて。」

玄関《げんかん》のくつ箱《ばこ》の前《まえ》に立《た》ったエナは、**石**《いし》**でつくられたうさぎ**の鼻先《はなさき》をつつく。

「てかさ、ちょっとあがってかない？」

レンがそう言《い》うと、エナは首《くび》をかしげた。

「なんで？　すぐうち来《く》るでしょ？」

「うん。いやまあ、その前《まえ》にさ。なんつーか、話《はなし》あって。」

「話《はなし》って？」

「じつは、さっき帰《かえ》り道《みち》でマルを見《み》かけたんだ。」

「え！」エナが声《こえ》を大《おお》きくする。「ほんと？　連《つ》れて帰《かえ》ってくれたの？」

「いやそれが……とにかく、ちょっとあがれよ。説明《せつめい》するから。」

「わかった。」

エナはぬいだスニーカーをそろえて、家《いえ》にあがった。

「おじゃましまーす。うわ、家《いえ》のなか、真《ま》っ暗《くら》じゃん。電気《でんき》つけるよ？」

パチン、とリビングの照明《しょうめい》スイッチを押《お》した直後《ちょくご》。

「――ひっ。」

エナは限界《げんかい》まで目《め》をひらいて、レンを見《み》た。

いや、ちがう。レンを見《み》たのではない。

い、い、い、い、い、い。

その背後《はいご》を見《み》ているのだった。

「なんだよ、エナ。どうかした？」

エナの視線《しせん》の先《さき》を追《お》いかけ、レンもふりかえる。

そこには2メートルくらいある、白《しろ》っぽいたまごのような――怪物《かいぶつ》がいた。
いくつも関節《かんせつ》のある気味《きみ》のわるい6本《ぽん》の脚《あし》。
目《め》と口《くち》があって、だらりと長《なが》い舌《した》をたらしている。
舌《した》の先端《せんたん》は、レンの背中《せなか》の皮膚《ひふ》にもぐりこんでいた。痛《いた》みは、ない。
怪物《かいぶつ》の口《くち》に切《き》れこみが入《はい》る。まるで笑《わら》っているみたいに。
エナが「バ、バケモノ。」と、つぶやいた。
頭《あたま》がぼんやりするせいで、レンはこの状況《じょうきょう》をうまく理解《りかい》できない。
わからない。わからない。わからない、けど。
少《すこ》しも怖《こわ》くなかった。
エナにむきなおり、その小《ちい》さな手《て》をにぎる。ぎゅっと。強《つよ》く。
逃《に》げられないように。つながっている舌《した》の先《さき》から命《めい》じられたみたいに。
長《なが》い舌《した》が、怪物《かいぶつ》の口《くち》のなかにまきとられはじめる。
「え？　やっ、やだ。離《はな》してっ！」

エナはその場《ば》で抵抗《ていこう》したけれど、まきとる力《ちから》のほうが上《うえ》だ。

「や、やだやだやだっ！　なにこれっ！　やめてっ！」

ずるずるとひきずられていくエナ。その顔《かお》は恐怖《きょうふ》でひきつり、涙《なみだ》にぬれていた。

でも、レンの心《こころ》は痛《いた》まない。なにも感《かん》じない。感《かん》じない。感《かん》じない。

「**助《たす》けてっ！　レンっ！**」

感《かん》じない。はず、なのに。

名前《なまえ》を呼《よ》ばれた瞬間《しゅんかん》、**どくん**と、心臓《しんぞう》が大《おお》きくはねあがった。

あれ？　と思《おも》う。なにしてんのおれ？

エナが泣《な》いてる？　なんでエナが泣《な》いてるんだ？

あ？　おれが泣《な》かせてる？　エナを？

自覚《じかく》したとたん頭《あたま》のなかが沸騰《ふっとう》する。

眠《ねむ》りに落《お》ちる直前《ちょくぜん》みたいだった思考《しこう》が、視界《しかい》が、クリアになった。

「**いやいやいやいやいや！　ガチでなにしてんだ、おれ！**」

エナの手《て》を離《はな》そうと思《おも》うのに、なぜかできなかった。自分《じぶん》の体《からだ》が自由《じゆう》にならない。
このたまごみたいな怪物《かいぶつ》にあやつられているのか？
レンは無理《むり》やりふりかえった。
こいつだ。思《おも》い出《だ》した。
マルをさがして空《あ》き家《や》の家具《かぐ》をのぞきこんだとき、レンをまるのみにした怪物《かいぶつ》。
このままでは、エナものみこまれてしまう。
助《たす》けないと。大事《だいじ》な幼《おさな》なじみを！
「くっそぉおおおおおお！」
レンは全力《ぜんりょく》で前《まえ》のめりになり、自分《じぶん》の右手《みぎて》に、がぶりとかみついた。
くそ痛《いて》え！
しかし、その痛《いた》みのおかげで、エナの手《て》を離《はな》すことができた。
バランスをくずした幼《おさな》なじみが「きゃっ！」と床《ゆか》に転《ころ》がる。
「逃《に》げろ！　エナ！」

「レ、レン……。でも……。」

「早《はや》くしろって！　食《く》われる前《まえ》に！」

レンがどなりつけると、エナは立《た》ちあがり、よろけながらリビングを脱出《だっしゅつ》した。

それを見届《みとど》けたレンは、ほっとして力《ちから》がぬける。

よかった。エナは無事《ぶじ》だ。

でもこれ以上《いじょう》はどうにもできない。

大《おお》きくひらかれた怪物《かいぶつ》の口《くち》にまるのみにされる——寸前《すんぜん》。

「わぁあああああああ！」

大声《おおごえ》をあげながらひきかえしてきたエナが、怪物《かいぶつ》めがけてなにかをぶん投《な》げた。

ピギャアアアアアアアアアアアアアア！

怪物《かいぶつ》が、黒板《こくばん》に爪《つめ》を立《た》てたようなひめいをあげる。

ゴトンと床《ゆか》に落下《らっか》したもの——それは玄関《げんかん》にかざられていた石《いし》の**うさぎ**だった。

それだけではない。

エナはガーデニング用《よう》のハサミで、レンと怪物《かいぶつ》とを結《むす》んでいる舌《した》を切断《せつだん》した。

ピギャアアアアアアアアアアアアアア！

ふたたびひめいをあげた怪物《かいぶつ》は、空気《くうき》でもぬけるみたいにちぢんでいき、やがて手《て》のひらにおさまるフィギュアサイズになった。

「レン！　だいじょうぶ？　背中《せなか》、痛《いた》くない？」

エナが、へなへなすわりこんだレンのもとにかけよってきて、服《ふく》をめくった。

「あ、ああ。平気《へいき》……っぽい。痛《いた》くはない。」

レンの背中《せなか》にもぐりこんでいた怪物《かいぶつ》の舌《した》の切《き》れ端《はし》は、ショボショボしぼんでいき、最後《さいご》はポロンと床《ゆか》に落《お》ちた。

痛《いた》みもなければ、なんのあとも残《のこ》っていない。

「い、いまの怪物《かいぶつ》、なんだったの……？」

エナのつぶやきに、

「あれは**SCP**《エスシーピー》－１３０５だ。通称《つうしょう》『**擬餌猫**《ぎじねこ》』。」

何者《なにもの》かが答《こた》えた。

レンとエナが視線《しせん》をやると、そこに見知《みし》らぬ人物《じんぶつ》が立《た》っていた。

いつのまに家《いえ》に入《はい》ってきたのだろう？

レンたちより少《すこ》し年上《としうえ》、13歳《さい》か14歳《さい》くらいか。

髪《かみ》をピンクベージュに染《そ》め、白《しろ》いブレザーにグレイのハーフパンツ姿《すがた》でネクタイをしている。少年《しょうねん》にも少女《しょうじょ》にも見《み》えた。くつはちゃんとぬいでいる。

「あ、あなた、だれですか？」

レンを守《まも》るようにエナが前《まえ》に出《で》た。

「失礼《しつれい》。ぼくの名前《なまえ》はクオリア。SCP財団《エスシーピーざいだん》のエージェントだ。」

「えすしーぴーざいだん？」

「常識《じょうしき》では説明《せつめい》できない異常存在《いじょうそんざい》……SCPオブジェクト《エスシーピー》を**確保**《かくほ》（**Secure**《セキュア》）、**収容**《しゅうよう》（**Contain**《コンテイン》）、**保護**《ほご》（**Protect**《プロテクト》）することで、一般人《いっぱんじん》を守《まも》るひみつ組織《そしき》だ。そして——。」

クオリアは、フィギュアとなった怪物《かいぶつ》をひろいあげる。

「これはＳＣＰ《エスシーピー》ガチャが生《う》んだコピーのＳＣＰ《エスシーピー》－１３０５だ。少年《しょうねん》、ガチャをまわしただろう？」

「ね、願《ねが》いがかなうって、書《か》いてあった、から。マル……エナが飼《か》ってた猫《ねこ》が帰《かえ》ってくればいい、と思《おも》って……。」

「ＳＣＰ《エスシーピー》ガチャは、すんなり願《ねが》いをかなえてはくれない。むしろ、出《で》てきたコピーのオブジェクトによって被害《ひがい》をこうむることのほうが多《おお》い。いまのきみのように。」

クオリアはフィギュアを見《み》やる。

「こいつのオリジナルは、野生生物観察室内《やせいせいぶつかんさつしつない》に収容《しゅうよう》されている。オブジェクトクラスはＥｕｃｌｉｄ《ユークリッド》。長《なが》い舌《した》の先《さき》でつくったニセの猫《ねこ》でターゲットをおびきよせ、まるのみにする怪物《かいぶつ》だ。」

だけど危険《きけん》なオブジェクトが出《で》てきたときは……。

ガチャの説明《せつめい》には、そう書《か》いてあったけど、まさかこんな目《め》にあうなんて。

「ニセの猫《ねこ》……って、じゃ、じゃあ、おれが見《み》たマルは……。」

「SCP《エスシーピー》－1305によるマガイモノだ。そして、きみは食《た》べられた。SCP《エスシーピー》－1305は食《た》べた相手《あいて》を16～24時間《じかん》かけて消化《しょうか》する。そのうえ一度《いちど》食《た》べたもの、を新《あたら》しいエサのモデルにすることができる。」

「え？　それって……つまり、お、おれも……。」

レンはエナを見《み》たあと、みずからの手《て》のひらを見《み》つめる。

怪物《かいぶつ》に食《た》べられた自分《じぶん》もまた、エナをおびき出《だ》すためにつくられた**マガイモノ**？

「いいや。きみは運《うん》がよかった。やつは未消化《みしょうか》のきみ自身《じしん》を、生《い》きたままエサとして利用《りよう》したんだ。そして――。」

クオリアはエナへ視線《しせん》をむける。

「きみの友人《ゆうじん》がSCP《エスシーピー》－1305に衝撃《しょうげき》を与《あた》えたことで、もとのフィギュアにもどった。結果《けっか》、生《い》き餌《え》とされていたきみも助《たす》かったというわけだ。わるいがフィギュアは回収《かいしゅう》させてもらう。ぼくの用《よう》はこれだけだ。じゃましたな。」

「あ、待《ま》って！」

レンは立《た》ちあがろうとしたけど、めまいにおそわれ、満足《まんぞく》に動《うご》けなかった。

「休《やす》めば回復《かいふく》するだろうが無茶《むちゃ》はしないことだ。本来《ほんらい》であれば、ぼくと出会《であ》った者《もの》からは記憶《きおく》を消去《しょうきょ》するのだが——今回《こんかい》は見逃《みのが》そう。きみのために怪物《かいぶつ》に立《た》ちむかった少《しょう》女《じょ》の勇敢《ゆうかん》さは忘《わす》れないほうがいい。」

レンはエナを見《み》た。涙《なみだ》でぬれた幼《おさな》なじみの顔《かお》を。

「ふたりとも約束《やくそく》してくれ。きょうのことについて、だれにも話《はな》さないと。」

レンとエナは同時《どうじ》にうなずいた。

「きみたちを信《しん》じよう。ではな。」

そう言《い》い残《のこ》して、クオリアは今度《こんど》こそ花菱家《はなびしけ》をあとにした。

室内《しつない》がしずかになる。

レンは大《おお》きく息《いき》をはき出《だ》した。

「エナ、まきこんでわるかった。てか、石《いし》ぶん投《な》げたとき、すげー顔《かお》してたな。」

「必死《ひっし》だったんだよっ！」

「うん。さんきゅ。助《たす》かったよ。おれのために。怖《こわ》かったはずなのに。」

「レンが怪物《かいぶつ》に食《た》べられちゃうって思《おも》って。マルのときみたいに、二度《にど》と会《あ》えなくなるかもって。そっちのほうが、こわ、怖《こわ》かった。だって、わたし、レンが……。」

そのときだ。**ぐぅううううう**。大《おお》きな音《おと》がひびいた。

エナはおなかを押《お》さえて、赤《あか》くなる。

レンは思《おも》わずふき出《だ》した。

「わ、笑《わら》うな、バカ！」

「よし。話《はなし》はあとだ。夕飯《ゆうはん》にしよう。おばさんが待《ま》ってる。」

レンは大切《たいせつ》な幼《おさな》なじみの手《て》をとった。

今度《こんど》は、そっとやさしく。

SCPガチャ図鑑《ずかん》

擬餌猫《ぎじねこ》

オブジェクトクラス
Euclid
ユークリッド

アイテム番号《ばんごう》
SCP-1305

特別収容《とくべつしゅうよう》プロトコル（Special Containment Procedures《スペシャル コンテインメント プロシージャーズ》）

サイト-77の野生生物観察室内《やせいせいぶつかんさつしつない》にて収容《しゅうよう》。週《しゅう》に一度《いちど》、動物《どうぶつ》をエサとして与《あた》える。給餌後《きゅうじご》は明《あか》るい光《ひかり》をあて、休息室《きゅうそくしつ》に入《い》れる。

説明《せつめい》

たまご形《がた》の胴体《どうたい》に、6本足《ぽんあし》をもつ生命体《せいめいたい》。大《おお》きなあごがあり、長《なが》い舌《した》と擬餌《ぎじ》がしまわれている。重《おも》さは約《やく》150キログラム。体高《たいこう》は2メートルあるが、身《み》をちぢめてせまい空間《くうかん》にも入《はい》りこめる。暗《くら》い場所《ばしょ》にかくれ、舌先《したさき》の擬餌（通常《つうじょう》は猫《ねこ》）で人間《にんげん》をおびきよせ、捕食《ほしょく》する。

2 未来予報《みらいよほう》を有効利用《ゆうこうりよう》してください

SCP《エスシーピー》-1146-JP《ジェーピー》 くだん・バンシーの不謹慎漫才《ふきんしんまんざい》ショー

『はいどうもー、件《くだん》です。』

『バンシーです。』

『『ふたり合《あ》わせて[redacted]《ピー》です。』』

『いきなりですけど、ぼく、予知能力《よちのうりょく》があるんですよ、バンシーさん。』

『ほんといきなりですね、件《くだん》さん。え、でもすごい。これまでどんな予知《よち》を？』

『こないだ炭酸《たんさん》のペットボトルを坂道《さかみち》で落《お》としちゃったんですね。ゴロゴロって。』

『はい。』

『そこで能力発動《のうりょくはつどう》です。フタをあけたら中身《なかみ》が爆発《ばくはつ》する映像《えいぞう》が頭《あたま》にうかびました。』

『当然《とうぜん》の帰結《きけつ》！　だれでも予知《よち》できるやつ！』

『あけたら案《あん》の定《じょう》でした。ブシャーって。髪《かみ》も服《ふく》もぐっしょりになりました。』

『あけたのかよ！　予知《よち》できたのに！　愚《おろ》かだよ！　あんたは愚《おろ》かだよ！』

『あと、本《ほん》を読《よ》んでるときに能力発動《のうりょくはつどう》するとやばいですね。』

『あー、オチがわかっちゃうんだ？』

『そうなんです。こないだも「ウサギとカメ」っていう本《ほん》を読《よ》んでいて――。』

『みんな知《し》ってる！　あんた以外《いがい》、そのオチみんな知《し》ってる！』

『ほかにも「アリとキリギリス」っていう――。』

『それも知《し》ってる！　アリキリの教訓《きょうくん》を知《し》らずに成長《せいちょう》するとか不可能《ふかのう》に近《ちか》い！』

『へえ、アリキリって略《りゃく》すんですね。勉強《べんきょう》になるなあ。』

『いや、そこはいま勢《いきお》いで言《い》っちゃっただけで一般的《いっぱんてき》じゃないかもですけど。』

『じゃあ、これは知《し》ってますか？』

『なになに？』

『1週間後《しゅうかんご》の6月《がつ》×日《にち》、熊田真美々《くまだまみみ》は尾和良第一中学校前《おわらだいいちちゅうがっこうまえ》の横断歩道《おうだんほどう》で、軽《けい》トラックにはねられて命《いのち》を落《お》とす。』

○　○

4時間前《じかんまえ》のこと――。

「あれ？　こんなところにガチャなんてあったかな？」

忘《わす》れ物《もの》をとりにもどったため、ひとりで帰宅《きたく》していた中学《ちゅうがく》2年生《ねんせい》の熊田真美々《くまだまみみ》は道《みち》端《ばた》にぽつんと置《お》いてあるガチャに気《き》づいた。

願《ねが》いがかなう!?　SCP《エスシーピー》ガチャの世界《せかい》へようこそ!!

説明《せつめい》とともに、カプセルトイの見本写真《みほんしゃしん》が掲載《けいさい》されている。

あざやかなピンクのフラミンゴのフィギュアには『SCP《エスシーピー》-1507』、ツギハギのクマには『SCP《エスシーピー》-2295』と書《か》いてあった。

「このクマのやつ、かわいい。でも、SCP財団《エスシーピーざいだん》ってなんだろ。願《ねが》いがかなう？」

お守《まも》りみたいなものだろうか。危険《きけん》とも書《か》いてあるけど。

いつもだったら、こんなあやしいものには手《て》を出《だ》さない。

でも、どういうわけか、いまは無性《むしょう》にガチャをやってみたかった。

そうしないといけないような……。

「1回《かい》10円《えん》だしね。よし。」

マミミはサイフから10円玉《えんだま》を出《だ》した。

「ダイエットが成功《せいこう》しますように！　推《お》しのお笑《わら》いライブのチケットがあたりますように！　**『世界《せかい》で最《もっと》も影響力《えいきょうりょく》のある100人《にん》』に選《えら》ばれるくらい出世《しゅっせ》しますように！**　って欲張《よくば》りすぎか。」

ひとりでボケてツッコみ、はずかしくなる。

近《ちか》くに、だれもいなくてよかった。

ハンドルをまわして出《で》てきたカプセルには、説明書《せつめいしょ》とともに2体《たい》でひとつのフィギュアが入《はい》っていた。

片方《かたほう》はスーツを着《き》たもじゃもじゃヘアの男性《だんせい》フィギュアだ。くせのある髪《かみ》からツノと動物《どうぶつ》めいた耳《みみ》が生《は》えている。もう一方《いっぽう》はローブのフードをかぶった長《なが》い黒髪《くろかみ》の女性《じょせい》で、肌《はだ》が白《しろ》く、目《め》が真《ま》っ赤《か》だった。

「えっと、『SCP《エスシーピー》-1146-JP《ジェーピー》』『**くだん・バンシーの不謹慎漫才《ふきんしんまんざい》ショー**』『**未来予報《みらいよほう》を有効利用《ゆうこうりよう》してください。**』？　なにそれ。よし、もう1回《かい》。」

再《さい》チャレンジしようと顔《かお》をあげると、どういうわけかガチャが消《き》えていた。

「え、ウソ。なんで？　だれかが運《はこ》んだわけじゃない、よね？」

わずかに目《め》を離《はな》したあいだに、なくなってしまったのだ……。

「え、なんなの。わけわかんない。」

マミミの手《て》には、かわいげのないフィギュアだけが残《のこ》された。

「……ま、いっか。」

数学《すうがく》の宿題《しゅくだい》をかたづけ、夕食《ゆうしょく》を食《た》べおえたマミミは、自室《じしつ》のベッドに寝転《ねころ》がり、スマホをいじった。

最近《さいきん》、推《お》しているイケメン芸人《げいにん》のチャンネルをチェックする。

「やば。新《しん》ネタ、配信《はいしん》されてんじゃん。」

マミミはさっそく動画《どうが》をタップした。

『はいどうもー、件《くだん》です。』

再生《さいせい》されたとたん、あれ？　と思《おも》う。

マミミが見《み》たかった芸人《げいにん》の動画《どうが》ではなかったからだ。

もじゃもじゃ髪《がみ》のスーツ姿《すがた》の男性《だんせい》が『件《くだん》』と名乗《なの》っている。そのとなりで、フードをかぶった肌《はだ》の白《しろ》い女性《じょせい》が『バンシーです。』と名乗《なの》る。彼女《かのじょ》は目《め》が真《ま》っ赤《か》だ。

『『ふたり合《あ》わせて[redacted]《ピー》です。』』

コンビ名《めい》がピー音《おん》で聞《き》こえなくなっていた。

どうも、まちがった動画《どうが》をタップしてしまったらしい。

マミミは動画《どうが》を停止《ていし》しようとした。

しかし、なぜか反応《はんのう》がない。

「え、ちょっと、なんで?」

『いきなりですけど、ぼく、予知能力《よちのうりょく》があるんですよ、バンシーさん。』

『ほんといきなりですね、件《くだん》さん。え、でもすごい。これまでどんな予知《よち》を?』

『こないだ炭酸《たんさん》のペットボトルを坂道《さかみち》で――。』

なぞのコンビの漫才《まんざい》がつづく。

『じゃあ、これは知《し》ってますか?』

件《くだん》がたずね、『なになに?』とバンシーが応《おう》じる。

つぎの瞬間《しゅんかん》、件《くだん》がマミミのほうを見《み》た。

『1週間後《しゅうかんご》の6月《がつ》×日《にち》、熊田真美々《くまだまみみ》は尾和良第一中学校前《おわらだいいちちゅうがっこうまえ》の横断歩道《おうだんほどう》で、軽《けい》トラックにはねられて命《いのち》を落《お》とす。』

ぞくりと鳥肌《とりはだ》が立《た》つ。

いま、なんて言《い》った?

わたしの名前《なまえ》、呼《よ》んでなかった? 中学《ちゅうがく》の名前《なまえ》も……。

え？　なんで？　どういうこと？

というか……。

「わたしが、軽《けい》トラックに、はねられる、って……。」

気味《きみ》がわるくて、マミミはスマホを伏《ふ》せた。が、すぐさま気《き》をとりなおす。

「う、ううん。いまのはなにかの聞《き》きまちがいだよね。そうに決《き》まってる。」

スマホで再度《さいど》、動画《どうが》を確認《かくにん》する。

いや確認《かくにん》しようとした。

「あれ？　どうなってるの？」

再生《さいせい》されたのは、マミミの推《お》し芸人《げいにん》の動画《どうが》で、先《さき》ほどの映像《えいぞう》ではなかった。

「てか、さっきのふたり、なんかフィギュアのやつに似《に》てたような……。」

通学用《つうがくよう》リュックをたしかめると、これまた奇妙《きみょう》なことに、フィギュアは消《き》えてなくなっていた。

「うーん、やっぱりないか。」

翌朝《よくあさ》、いつもより早《はや》い時間《じかん》に家《いえ》を出《で》たマミミは、前日《ぜんじつ》にガチャを見《み》かけた場所《ばしょ》へむかった。しかし、どこにも見当《みあ》たらなかった。

「そこのきみ、すまない。」

なんだろう？　と、ふりかえったら、ものすごい美形《びけい》が立《た》っていたので、マミミはびっくりした。

白《しろ》いブレザーにネクタイ、グレイのハーフパンツという姿《すがた》で、髪《かみ》をピンクベージュに染《そ》めている。美少年《びしょうねん》にも美少女《びしょうじょ》にも見《み》えた。声《こえ》も中性的《ちゅうせいてき》だ。

「このあたりでガチャを見《み》かけなかったか？　SCP《エスシーピー》ガチャというんだが。」

「あ、見《み》ましたよ。ここで。きのう。でも、なんか急《きゅう》になくなっちゃって。」

答《こた》えた瞬間《しゅんかん》、美形《びけい》が急接近《きゅうせっきん》してきて、マミミはのけぞる。

「ガチャをまわしたのか？」

「あ、うん、はい。願《ねが》いがかなうとか書《か》いてあったから。あ、や、べつに本気《ほんき》で信《しん》じたとかじゃないけど、ちょっとおもしろいかなって。」

「なにを願《ねが》った？」

「え、ダイエットがうまくいくようにとか、出世《しゅっせ》しますようにとか……。」

「そうか。フィギュアが出《で》てきただろう？　どんなものだった？」

「あ、えっと、男女《だんじょ》セットのフィギュアで、ツノの生《は》えたもじゃもじゃ頭《あたま》の男《おとこ》のひとと、ローブを着《き》た目《め》の赤《あか》い女《おんな》のひとのやつが……。」

「**SCP《エスシーピー》－1146－JP《ジェーピー》**か。通称《つうしょう》『**くだん・バンシーの不謹慎漫才《ふきんしんまんざい》ショー**』だ。」

「あ、それ説明書《せつめいしょ》に書《か》いてあった。……というか、あの、くわしいんだね？」

「ああ。ぼくはクオリア。SCP財団《エスシーピーざいだん》のエージェントだ。SCP《エスシーピー》ガチャをさがしている。あれは危険《きけん》な代物《しろもの》だ。」

たしかガチャ本体《ほんたい》にも、SCP財団《エスシーピーざいだん》とやらについて書《か》いてあった。

異常存在《いじょうそんざい》を確保《かくほ》（Secure《セキュア》）、収容《しゅうよう》（Contain《コンテイン》）、保護《ほご》（Protect《プロテクト》）し、ひとびとを守《まも》ることが、SCP財団《エスシーピーざいだん》の役目《やくめ》とかなんとか。

でも、あれはつまり「そういう設定《せってい》」「世界観《せかいかん》」というだけのはずで……。

「あ、えっと、わたしは熊田真美々《くまだまみみ》、です。」

「ではマミミ、そのあと、お笑《わら》い番組《ばんぐみ》を見《み》たりはしていないか？」

「お笑《わら》い番組《ばんぐみ》……じゃないけど、推《お》し芸人《げいにん》の動画《どうが》なら。」

いきなりの呼《よ》び捨《す》てに面食《めんく》らいながらも答《こた》えると、クオリアは舌打《したう》ちをした。

「目当《めあ》ての芸人《げいにん》でなく、フィギュアに似《に》た人物《じんぶつ》が出《で》てきただろう？」

「あ、そうなの！　なんか変《へん》で。」

「フィギュアは消失《しょうしつ》したのではないか？」

マミミはこくこくうなずいた。

「どんなネタだったのかを教《おし》えてくれ。」

クオリアに求《もと》められるまま、マミミは漫才《まんざい》の大《おお》まかな内容《ないよう》を伝《つた》えた。

「つまり漫才《まんざい》のなかで、**マミミの死《し》**が予言《よげん》されていたんだな？」

「いやでも、あれはなにかの聞《き》きちがいだったんじゃないかと、いまは思《おも》ってて。」

クオリアは首《くび》を横《よこ》にふった。

「残念《ざんねん》だが聞《き》きちがいではない。ＳＣＰ《エスシーピー》－１１４６－ＪＰ《ジェーピー》は、日本《にっぽん》のバラエティ番組《ばんぐみ》を改変《かいへん》する異常存在《いじょうそんざい》であり、そのなかでは**大規模《だいきぼ》な災害《さいがい》や戦争《せんそう》、社会的《しゃかいてき》に影響力《えいきょうりょく》のある人物《じんぶつ》の死《し》**が予言《よげん》される。」

ガチャの説明《せつめい》には、たしかに『危険《きけん》』の文字《もじ》もあったけれど――。

「いやいやいや。わたし、ふつうの中学生《ちゅうがくせい》だし。ぜんぜん社会的《しゃかいてき》に影響力《えいきょうりょく》のある人物《じんぶつ》じゃないし。」

インフルエンサーでもなければ、アイドルでもない。

運動《うんどう》も勉強《べんきょう》も平均的《へいきんてき》で、なんのとりえもない。

そのわたしが？

「マミの自己評価《じこひょうか》はともかく、ＳＣＰ《エスシーピー》－１１４６－ＪＰ《ジェーピー》の予知能力《よちのうりょく》はたしかだ。予《よ》言《げん》のなかで、事故《じこ》にあう日付《ひづけ》が指定《してい》されていたと言《い》ったな？」

「は、はい。」

「不幸中《ふこうちゅう》の幸《さいわ》いだ。その日《ひ》どこへも行《い》かなければ事故《じこ》を回避《かいひ》できる。連中《れんちゅう》の予知《よち》とはべつの行動《こうどう》をとることで、未来《みらい》を変《か》えられることは確認《かくにん》ずみだ。」

「そ、それ冗談《じょうだん》だよね？」

マミミは笑《わら》ってみたが、クオリアは表情《ひょうじょう》を変《か》えなかった。

「くれぐれも命《いのち》を粗末《そまつ》にしないことだ。安全確保《あんぜんかくほ》のためにも記憶《きおく》の消去《しょうきょ》は見送《みおく》ろう。ぼくはSCP《エスシーピー》ガチャの探索任務《たんさくにんむ》にもどる。情報提供《じょうほうていきょう》に感謝《かんしゃ》する。」

そう言《い》うと、クオリアはさっさと行《い》ってしまった。

マミミひとり、その場《ば》に残《のこ》される。

「……って、ちょっと！　もっときちんと教《おし》えてほしいんだけど！」

時間差《じかんさ》で冷静《れいせい》になり、マミミはかけだした。

急《いそ》いで道《みち》の角《かど》を曲《ま》がる――。

「え？」

そこにはもう、クオリアの姿《すがた》はなかった。

SCP財団《エスシーピーざいだん》？　SCP《エスシーピー》ガチャ？　件《くだん》とバンシー？

ネットで調《しら》べてみても、はっきりしたことはわからなかった。

それらしいものを見《み》つけて掲示板《けいじばん》やSNS《エスエヌエス》を見《み》ようとしても、どの書《か》きこみも削除《さくじょ》されてしまっているのだ。

クオリアという人物《じんぶつ》についても同様《どうよう》だった。

あのひとは何者《なにもの》なのだろう……？

一方《いっぽう》、件《くだん》とバンシーについてはわかったこともある。

件《くだん》は半分《はんぶん》「人間《にんげん》」、半分《はんぶん》「牛《うし》」の妖怪《ようかい》なのだという。

半々《はんはん》だから「人偏《にんべん》」に「牛《うし》」と書《か》いて「件《くだん》」なのだ。

バンシーのほうは、アイルランドやスコットランドに伝《つた》わる、死《し》を予告《よこく》する妖精《ようせい》と説明《せつめい》があった。

けれど、そんなものはただのフィクションだろう。

予言《よげん》だの未来予知《みらいよち》だの、ありえない。

それに、あの漫才《まんざい》で予知《よち》されるのは、大規模《だいきぼ》な災害《さいがい》や社会的《しゃかいてき》に影響力《えいきょうりょく》のあるひとの死《し》だと、クオリアが言《い》っていた。

平凡《へいぼん》で平均的《へいきんてき》な中学生《ちゅうがくせい》のマミミにはあてはまらない。

やはり、あれはたんなる聞《き》きまちがいだったのだ。

そうに決《き》まっている。


それから、とくべつおかしなことは起《お》きなかった。

件《くだん》とバンシーの映像《えいぞう》にじゃまされることなく、推《お》し芸人《げいにん》の動画《どうが》も楽《たの》しめた。

最初《さいしょ》こそ不安《ふあん》もあったけれど、それもだんだんとうすれていって——。

予言《よげん》された日《ひ》がやってきた。

クオリアから外出《がいしゅつ》しないよう言《い》われていたものの、マミミは登校《とうこう》するつもりだった。未来予知《みらいよち》なんてあたるわけがないのだ。あたらないと証明《しょうめい》する。

あえて挑《いど》むような気持《きも》ちで、マミミは家《いえ》を出《で》た。

とてもいい天気《てんき》で、風《かぜ》はおだやかだった。

青空《あおぞら》を背景《はいけい》にした**電線**《でんせん》。豊《ゆた》かな**街路樹**《がいろじゅ》。

柴犬《しばいぬ》を連《つ》れてさんぽするおじいさん。

マミミ以外《いがい》にも大勢《おおぜい》の生徒《せいと》が歩《ある》いている。

なにげない日常風景《にちじょうふうけい》だ。きょう自分《じぶん》が死《し》ぬなんて信《しん》じられない。

やがて校舎《こうしゃ》が見《み》えてきた。マミミは予言《よげん》の内容《ないよう》を思《おも》い出《だ》す。

——1週間後《しゅうかんご》の6月《がつ》×日《にち》、熊田真美々《くまだまみみ》は尾和良第一中学校前《おわらだいいちちゅうがっこうまえ》の横断歩道《おうだんほどう》で、軽《けい》トラックにはねられて命《いのち》を落《お》とす。

校門前《こうもんまえ》の横断歩道《おうだんほどう》に差《さ》しかかった。

予言《よげん》なんて信《しん》じていないけれど、慎重《しんちょう》でいることに越《こ》したことはない。

きちんと左右《さゆう》を見《み》て、軽《けい》トラックが来《き》ていないことをたしかめる。

「これくらいはね。よし、だいじょうぶ。」

そうして歩《ある》きだしたマミミの背後《はいご》で、「あ！」と大《おお》きな声《こえ》がした。

「待《ま》ちなさい、**ハナコ！**」

ふりかえった瞬間《しゅんかん》、柴犬《しばいぬ》に飛《と》びかかられる。

「わっ!?」

おどろいたマミミは、その場《ば》で転倒《てんとう》し、強《つよ》くおしりを打《う》ちつけた。

と同時《どうじ》に右足首《みぎあしくび》に痛《いた》みが走《はし》る。

「つっ。」

どうやら、ひねってしまったらしい。

柴犬《しばいぬ》はしっぽをふりながら、マミミにじゃれついてくる。

そのむこうに見《み》える飼《か》い主《ぬし》のおじいさんや通学中《つうがくちゅう》の生徒《せいと》たちが、叫《さけ》んだ。

「**あぶない！**」

1台《だい》の軽《けい》トラックがこちらにむかってくるのが見《み》える。

時間《じかん》がひきのばされていくような感覚《かんかく》。ゆっくりと、確実《かくじつ》に危機《きき》がせまる。
わかっているのに、マミミはそこから動《うご》くことができなかった。
ただ、軽《けい》トラックを見《み》つめているだけ。
なにこれ？　なにこれ？　なにこれ？　え？
どうしてクオリアのアドバイスにちゃんと耳《みみ》をかたむけなかったのだろう。
なにかのまちがいだと強《つよ》がってしまったのだろう。予言《よげん》は、本物《ほんもの》だったのに。
ブゥウウウウウウウウ――――――ッッッ！
軽《けい》トラックのクラクションが鳴《な》りひびく。
マミミは、ぎゅっと目《め》をつむった。
キィイイイイイイイイイイッッッ！
ブレーキの音《おと》。
つぎの瞬間《しゅんかん》、どん、と全身《ぜんしん》に衝撃《しょうげき》が走《はし》り、マミミは地面《じめん》を転《ころ》がった。
「くっ。うっ。」

ひじや背中《せなか》を強《つよ》く打《う》つ……が、その痛《いた》みは覚悟《かくご》したほどのものではなかった。

軽《けい》トラックにはねられたにしては、ひどく軽《かる》い。……なんで？

そっとまぶたをあけてみる。

「**よかった。ギリギリ間《ま》にあった。**」

頭《あたま》に**クマのかぶりもの**をしたなぞすぎる人物《じんぶつ》が、マミミをのぞきこんでいた。

え、だれ？　と、マミミはとまどう。

声《こえ》からして女性《じょせい》だ。クオリアではないと思《おも》う。

彼女《かのじょ》が突《つ》き飛《と》ばしてくれたおかげで、予言《よげん》された死《し》を回避《かいひ》できたらしい。

どんどんひとが集《あつ》まってくる。

「だいじょうぶか⁉」と声《こえ》をあげたのは、きっと軽《けい》トラックの運転手《うんてんしゅ》だ。柴犬《しばいぬ》をだきあげたおじいさんも「なんてことだ。申《もう》しわけない。」と顔《かお》を青《あお》くしている。

「あ、あ、ありがとう、ございます。たた、助《たす》けて、くれて。」

マミミはクマのかぶりものをした女性《じょせい》に、ふるえる声《こえ》で伝《つた》える。

「あ、あの、あなたは——。」

「道《みち》のまんなかにとどまるのは危険《きけん》です。みなさん、移動《いどう》してください。」

マミミの言葉《ことば》をさえぎって、女性《じょせい》は周囲《しゅうい》のひとびとに注意《ちゅうい》をうながした。

実際《じっさい》、このまま道《みち》をふさいでいては、新《あら》たな事故《じこ》が起《お》きかねない。

うまく歩《ある》けないマミミは、軽《けい》トラックの運転手《うんてんしゅ》の肩《かた》を借《か》り、学校《がっこう》の敷地内《しきちない》へと移動《いどう》する。

生徒《せいと》のだれかが呼《よ》んだらしい教師《きょうし》や養護教諭《ようごきょうゆ》が正面玄関《しょうめんげんかん》から飛《と》び出《だ》してきた。一部始終《いちぶしじゅう》を目撃《もくげき》した生徒《せいと》たちが、状況《じょうきょう》を説明《せつめい》しはじめる。

そんななか——。

「あの、すみません。わたしを助《たす》けてくれたあの女《おんな》のひとは？」

いつのまにか、彼女《かのじょ》の姿《すがた》が見当《みあ》たらなくなっていた。

「頭《あたま》にクマのかぶりものをしたひとなんですけど……？」

われながらおかしな説明《せつめい》だと思《おも》うけれど、事実《じじつ》なのだからしかたがない。

しかし、どんなにたずねても、だれも、あの女性《じょせい》のゆくえを知《し》らなかった。

とつぜん現《あらわ》れ、煙《けむり》のように消《き》えてしまったのだ。

あのひとは、いったいだれだったのだろう？

○○

「おもしろいものを見《み》せてもらった。」

ひとだかりを避《さ》け、クマのかぶりものをぬいだとたん声《こえ》がした。

い、い、わたしはそっとふりかえる。

白《しろ》いブレザー、ピンクベージュの髪《かみ》に中性的《ちゅうせいてき》な顔立《かおだ》ち。

見《み》まちがえることはない。

「この1週間《しゅうかん》、熊田真美々《くまだまみみ》をマークしていたのだが、ぼくが飛《と》び出《だ》すより先《さき》に、かぶりものをしたきみが出《で》てきたのでおどろいた。」

その口調《くちょう》は、少《すこ》しもおどろいていないように聞《き》こえる。

「なるほど。きみは、きょうこの時間《じかん》に、熊田真美々《くまだまみみ》に危機《きき》が訪《おとず》れることを知《し》っていたわけだ。未来《みらい》を予知《よち》したのではなく、過去《かこ》のできごととして。文字《もじ》どおり身《み》をもって。そうだろう？　**未来《みらい》の熊田真美々《くまだまみみ》。**」

風《かぜ》がふいて、わたしたちの髪《かみ》をゆらす。

「この時代《じだい》の熊田真美々《くまだまみみ》は、おおむね自己評価《じこひょうか》どおりの少女《しょうじょ》なのだろう。平凡《へいぼん》で平均《へいきん》的《てき》。しかし将来《しょうらい》、社会的《しゃかいてき》に大《おお》きな影響力《えいきょうりょく》のある人物《じんぶつ》へと成長《せいちょう》する。たとえば、**タイムマシンを発明《はつめい》する**だとか。」

わたしは肯定《こうてい》も否定《ひてい》もしなかった。

「ガチャは願《ねが》いをかなえた。SCP《エスシーピー》－1146－JP《ジェーピー》が死《し》を予言《よげん》することによって平《へい》凡《ぼん》だった熊田真美々《くまだまみみ》は才能《さいのう》の開花《かいか》を確約《かくやく》されたわけだ……いや。」

言《い》って、しずかに首《くび》を横《よこ》にふる。

「無粋《ぶすい》な解釈《かいしゃく》だったな。予告《よこく》された死《し》を回避《かいひ》した熊田真美々《くまだまみみ》は、これを機《き》に生《い》きなおしたと考えるべきだろう。努力を重ね、そして、きみになる。——ところで、こいつは回収《かいしゅう》させてもらうぞ。」

その手《て》には、２体《たい》でひとつのフィギュアがあった。

すべての元凶《げんきょう》。ＳＣＰ《エスシーピー》－１１４６－ＪＰ《ジェーピー》、件《くだん》とバンシーだ。

わたしがあの子《こ》を突《つ》き飛《と》ばしたことで、もとのフィギュアにもどったのだ。

「きみには必要《ひつよう》ないだろう？　ではな。」

フィギュアをポケットに入《い》れると、相手《あいて》はこちらに背《せ》をむけ、歩《ある》きだす。

その背中《せなか》はひとごみにまぎれ、すぐに見《み》えなくなった。

「なんだ。１週間《しゅうかん》も見守《みまも》ってくれてたんだ。知《し》らなかったよ。ありがと。」

つぶやき、わたしはぐっとのびをする。

「さーてと。任務完了《にんむかんりょう》。わたしも帰《かえ》るかな。**20年後《ねんご》**の、わたしの現在《げんざい》に。」

SCPガチャ図鑑《ずかん》

くだん・バンシーの不謹慎漫才《ふきんしんまんざい》ショー

オブジェクトクラス
Keter
ケテル

アイテム番号《ばんごう》
SCP-1146-JP

特別収容《とくべつしゅうよう》プロトコル（Special Containment Procedures《スペシャルコンテインメントプロシージャーズ》）

サイト-8181にとくべつな電波受信機《でんぱじゅしんき》を設置《せっち》し、日本国内《にほんこくない》で放送《ほうそう》されるすべてのバラエティ番組《ばんぐみ》を記録《きろく》することで発生《はっせい》を確認《かくにん》する。

説明《せつめい》

日本《にっぽん》のバラエティ番組《ばんぐみ》に現《あらわ》れるお笑《わら》いコンビ。ひとりは、頭部《とうぶ》に牛《うし》のツノと耳《みみ》をつけたアジア系男性《けいだんせい》で、「件《くだん》」と名乗《なの》る。もうひとりは、ローブをまとった黒髪《くろかみ》のヨーロッパ系女性《けいじょせい》で、「バンシー」と名乗《なの》る。漫才内《まんざいない》で、大規模《だいきぼ》な事故《じこ》・災害《さいがい》や戦争《せんそう》の発生《はっせい》、著名人《ちょめいじん》などの死《し》を予言《よげん》し、数日中《すうじつちゅう》に高確率《こうかくりつ》で的中《てきちゅう》させる。ただし、その発生《はっせい》をふせぐことはできる。

3 見《み》えないものだけがすべてではありません

SCP《エスシーピー》-2329 その家《いえ》には誰《だれ》もいない

「はいどうも！　心霊《しんれい》スポひとりで凸《とつ》できるもん、のシキです！」

午後《ごご》9時《じ》になり、おれは動画《どうが》の生配信《なまはいしん》をはじめた。

スポというのはスポットの略《りゃく》で、凸《とつ》は突撃《とつげき》するという意味《いみ》だ。

つまり、おれはいま心霊《しんれい》スポットに突撃《とつげき》しようとしている。

もともとは大食《おおぐ》いチャンネルだったんだけど、ぜんぜん視聴回数《しちょうかいすう》がのびなかったので、方針転換《ほうしんてんかん》したのだ。

前《まえ》に配信《はいしん》した幽霊《ゆうれい》トンネル回《かい》の評判《ひょうばん》はわるくなかった。

「きょうはね、視聴者《しちょうしゃ》さんから教《おし》えてもらった廃墟《はいきょ》に来《き》てるんですよ。見《み》えます？」

暗闇《くらやみ》のなか、自撮《じど》り棒《ぼう》にとりつけたスマホのカメラで建物《たてもの》の外観《がいかん》を撮影《さつえい》する。

6階建《かいだ》てのアパートだ。

レンガづくりで、エントランスの扉《とびら》も木製《もくせい》だし、なかなか雰囲気《ふんいき》がある。

事前《じぜん》の情報《じょうほう》によれば、60部屋《へや》あるらしい。

近《ちか》くに、ほかに建物《たてもの》はなく、街灯《がいとう》もない。

おれの声《こえ》と砂利《じゃり》をふみしめる足音《あしおと》ばかり大《おお》きく聞《き》こえる。

現在《げんざい》の視聴者《しちょうしゃ》は6人《にん》だ。

たった6人《にん》かよ、と思《おも》ったけど、ゼロよりはマシか。

「このアパートでは、物《もの》が勝手《かって》に動《うご》いたりするらしいです。所有者《しょゆうしゃ》に許可《きょか》もらおうと思《おも》ったんですけど、なんか、だれが持《も》ち主《ぬし》かわかりませんでした。というわけで無許可《むきょか》でございます。えー、いちおう注意《ちゅうい》しておきますけど、**みなさんマネしないでね。**法律的《ほうりつてき》にあれだしね。あぶないしね。」

コメント欄《らん》に『通報《つうほう》しましたw』『通報《つうほう》しましたw』と表示《ひょうじ》される。

「おい、なに爆速《ばくそく》で通報《つうほう》してんだよ！」と、おれも笑《わら》う。

正直《しょうじき》こうしてコメントしてくれるひとがいて心強《こころづよ》い。

幽霊《ゆうれい》とかそこまで信《しん》じてるわけじゃないけど、こんなところにひとりで来《く》るのは、まあまあ怖《こわ》いし。

アパートの周辺《しゅうへん》にフェンスなどはなく、入《い》り口《ぐち》をふさいでいたらしい鉄板《てっぱん》が落《お》ちていた。

おれは撮影《さつえい》をつづけながら短《みじか》い階段《かいだん》をあがり、扉《とびら》のノブに手《て》をかける。

「あれ？　カギかかってないわ。だれか壊《こわ》したのかな。」

もっと侵入《しんにゅう》に手間《てま》どると思《おも》っていたので、わりと拍子《ひょうし》抜《ぬ》けだ。

ゆっくり扉《とびら》をあける。

内部《ないぶ》の空気《くうき》は生《なま》ぬるく、じめじめしていた。カビくさい。

ヘッドライトの明《あ》かりで、ほこりがキラキラ光《ひか》って見《み》える。

入《はい》ってすぐ右手《みぎて》に半開《はんびら》きになったドアがあった。正面奥《しょうめんおく》と左手《ひだりて》にもドアが見《み》え、それらにはさまれるように上《うえ》へつづく階段《かいだん》がある。

「古《ふる》い建物《たてもの》なんで、エレベーターとかなさそうです。ひとまず近《ちか》いところから。」

半開《はんびら》きだったドアからなかをのぞいてみたところ、そこまで荒《あ》らされてはいなかった。

あと、くつをぬぐ場所《ばしょ》がない。土足《どそく》でいいのか？

「そこそこ広《ひろ》いっすね。部屋《へや》の中央《ちゅうおう》にカーペットが敷《し》かれてます。家具《かぐ》も残《のこ》されていて、縦長《たてなが》のテーブルやイスがある。」

「あ、人形《にんぎょう》だ。人形《にんぎょう》がイスにすわってます。……動《うご》いたりして。」

カメラでアップにしてみる。かなり古《ふる》そうな西洋人形《せいようにんぎょう》だ。40センチほどの大《おお》きさでドレスを着《き》ている。髪《かみ》が半分《はんぶん》ほどぬけ落《お》ちていた。

ギシ。ギシ。ゴトン。

ふいに物音《ものおと》がして、びくんとする。

もちろん、おれがたてた音《おと》じゃない。

「……い、いまの聞《き》こえました？　なんか上《うえ》の階《かい》から音《おと》がしました。」

心臓《しんぞう》がばくばくする。

コメント欄《らん》には、『凸《とつ》よろ。』とか『ほかの肝試《きもだめ》しグループ？』『動物《どうぶつ》が寝床《ねどこ》にしてる可能性《かのうせい》もある。』などと書《か》かれていた。

おれは深呼吸《しんこきゅう》する。

「声《こえ》……はしないですけど。ちょっと行《い》ってみます。あぶなそうなら逃《に》げるんで。」

おれは部屋《へや》を出《で》て、階段《かいだん》へむかった。

足音《あしおと》がひびかないよう、慎重《しんちょう》に1歩《ぽ》ずつあがっていき、そっと2階《かい》の廊下《ろうか》を映《うつ》す。

ドアはすべて閉《と》じていて――。

「ひとまず見《み》える範囲《はんい》にはだれもいません。動物《どうぶつ》も。音《おと》もしないっすね。」

『ただの家鳴《やな》りか？』とコメントが書《か》きこまれる。

「もうちょい見《み》てみます。」

手前《てまえ》の部屋《へや》のドアをあけてみる。内装《ないそう》は1階《かい》の部屋《へや》と大差《たいさ》なかった。

ここにもひとの姿《すがた》はない。

浴室《よくしつ》や寝室《しんしつ》などを確認《かくにん》してから部屋《へや》を出《で》る。

そこで『**奥《おく》のドア。**』と書《か》きこみがあった。

おれは廊下《ろうか》の奥《おく》へとスマホのカメラをむけた。

「あれ？　ドアがあいてる。」

2階《かい》にあがったとき、ドアはぜんぶしまっていたはずだ。

なのに、いまは、奥《おく》のドアがひらいていた。

おかしいと認識《にんしき》したとたん、わきの下《した》や、自撮《じど》り棒《ぼう》を持《も》つ手《て》がじわっと汗《あせ》ばむ。

『ガチで？』『さっきしまってたよな？』『仕込《しこ》みじゃね？』

コメント欄《らん》がざわついている。

「い、いや、きょうはマジでおれひとりで来《き》てます。仕込《しこ》みじゃないです。あと、このドア、つくりはちゃんとしてるんで勝手《かって》にひらくとかはないと思《おも》います。」

肝試《きもだめ》しに来《き》た別《べつ》グループのしわざ……にしては、なんの気配《けはい》もしない。

これ、もしかしてガチで出《で》ちゃうところなんじゃないの？

やばくない？

……いや、でも、もしそうなら、すごいものが撮《と》れるかもしれない。
そしたらチャンネル登録者《とうろくしゃ》もふえて、一気《いっき》に有名配信者《ゆうめいはいしんしゃ》になれるかも。
おれはごくりとつばをのみこんだ。
「た、たしかめてきます。」
腹《はら》に力《ちから》をこめ、廊下《ろうか》を前進《ぜんしん》。
呼吸《こきゅう》を整《ととの》えてから、室内《しつない》を撮影《さつえい》した。
部屋《へや》のなかには、だれもいなかった。やっぱり動物《どうぶつ》もいない。
縦長《たてなが》のテーブルにイス。倒《たお》れた棚《たな》。その中身《なかみ》が散乱《さんらん》している。
おれはいったん、スマホのカメラごとふりかえり、また室内《しつない》にむけなおした。
「おい、ウソだろ……。」
鳥肌《とりはだ》が立《た》ち、手《て》がふるえる。
さっきまでなかったはずの西洋人形《せいようにんぎょう》がイスの上《うえ》にすわっていたからだ。
いつのまにか視聴者《しちょうしゃ》が66人《にん》にふえていた。

おれは人形《にんぎょう》に近《ちか》づき、顔《かお》をアップにした。ドレスを着《き》て、髪《かみ》がぬけ落《お》ちている。

下《した》の階《かい》で見《み》かけたものにそっくりだ。そっくり？　というか。

同《おな》じものにしか見《み》えない。

まるで、人形自身《にんぎょうじしん》が移動《いどう》してきたみたいに……。

「こ、これ、ガチかもしんないです。」

おれはそっと人形《にんぎょう》を手《て》にとった。

「いまから1階《かい》にもどります。さっきの部屋《へや》から人形《にんぎょう》がなくなってたら、それってそ、い、い、いうことっすよね？」

怖《こわ》くないと言《い》ったらウソになるけど、それより本物《ほんもの》が撮《と》れるかもしれないという興《こう》奮《ふん》のほうが上《うわ》まわっていた。

おれは人形《にんぎょう》を持《も》ったまま急《いそ》いで階段《かいだん》へむかい――。

「**あっ。**」

段差《だんさ》をふみはずした。ハデに階段《かいだん》を転《ころ》げ落《お》ちる。

「つっ……く、う。やべ。」

思《おも》いきり打《う》ちつけたみたいで、右《みぎ》ひざに痛《いた》みが走《はし》った。立《た》ちあがれない。

おれは這《は》うようにして、転《ころ》んだときに手放《てばな》してしまった自撮《じど》り棒《ぼう》をつかんだ。

スマホをたしかめる。壊《こわ》れているところはなく、まだ配信《はいしん》はつづいていた。

視聴者《しちょうしゃ》の数《かず》も100人《にん》を超《こ》えている。

たくさんのコメントが流《なが》れていくなか、奇妙《きみょう》な書《か》きこみが目《め》についた。

『そこはSCP《エスシーピー》－2329のなかだ。すぐに脱出《だっしゅつ》しろ。』

「えすしーぴー……なに？」

おれの問《と》いかけに、ふたたびコメントがつく。

『SCP《エスシーピー》－2329。正確《せいかく》にはオリジナルではなく、そのコピーだが。』

なんだ、こいつ？　なに言《い》ってる？

『SCP《エスシーピー》ガチャに出合《であ》ったな？』

ガチャ？

そういえば、少《すこ》し前《まえ》に妙《みょう》なガチャをまわした覚《おぼ》えがある。

いつのまにか、うちのマンションの前《まえ》に設置《せっち》されていて、なぜだか心《こころ》ひかれた。

願《ねが》いがかなうとも書《か》いてあったし、ネタにするつもりで、**有名配信者《ゆうめいはいしんしゃ》になりたい、**と思《おも》いながらまわしてみたのだ。

出《で》てきたのは、建物《たてもの》のフィギュアだった。『**見《み》えないものだけがすべてではありません。**』とか、おかしな説明書《せつめいしょ》もついてたっけ。

ひとまずカバンにしまっておいたのだけど、知《し》らないうちになくなっていた。

思《おも》いかえすと、このアパートに外観《がいかん》が似《に》ていたような気《き》も……。

『SCP《エスシーピー》－2329に入場《にゅうじょう》した者《もの》は』『ほかの知的生命体《ちてきせいめいたい》を認識《にんしき》できなくなる。』『見《み》えないし、声《こえ》も聞《き》こえなくなる。』『その者《もの》がたてた音《おと》も。』『建物《たてもの》の外《そと》にいる者《もの》、つまり視聴者《しちょうしゃ》もまた』『きみを認識《にんしき》できなくなるはずなのだが』『コピーゆえか』『エラーが発生《はっせい》しているらしい。』『現状《げんじょう》、きみの存在《そんざい》をぼくらは認識《にんしき》できている。』

「は？　え？　なに？　どういうこと？」

なにを言《い》われているのか、まったく理解《りかい》できなかった。

『その建物《たてもの》にはきみ以外《いがい》にも入場者《にゅうじょうしゃ》がいる。』『ただ、互《たが》いを認識《にんしき》できていない。』『人《にん》形《ぎょう》が移動《いどう》したように見《み》えたのは』『その人物《じんぶつ》が移動《いどう》させたのであって』『人形自体《にんぎょうじたい》が動《うご》いたのではない。』『先《さき》ほどの物音《ものおと》も』『変則的《へんそくてき》ではあるが』『べつの入場者《にゅうじょうしゃ》が発《はっ》した音《おと》』『と考《かんが》えるのが妥当《だとう》だろう。』『とにかく、そこを脱出《だっしゅつ》しろ。』

やはり、なにがなんだかわからなかった。

「よ、よくわかんないけど、おれ、ひざ打《う》っちゃって、立《た》てな――**ぐあっ！**」

そのとき、右《みぎ》ひざにまた激痛《げきつう》が走《はし》った。つづけて、顔《かお》にも痛《いた》みがある。

「ぐっ！　う、な、なんだよ！」

そして、おれは押《お》し倒《たお》される！

だ、だれもいないのに！

「ごほっ。」

胸《むね》が圧迫《あっぱく》される。痛《いた》い。息《いき》がすえない。はけない。体《からだ》も起《お》こせない。

「がはっ……や、やめ……どう、なっ……て……。」

ちらりと見《み》えたスマホの画面《がめん》に、コメントが追加《ついか》されていた。

『まずい。』『そこにいるのはひとりじゃない。』『複数人《ふくすうにん》がきみの上《うえ》を通過《つうか》している。』

ぞっとする。

見《み》えない何人《なんにん》もの人間《にんげん》に、おれはふみつけられてる？　ウソだろ。

『SCP《エスシーピー》－2329には』『入場者《にゅうじょうしゃ》どうしが無意識《むいしき》に』『互《たが》いを避《さ》ける働《はたら》きがあり』『通常《つうじょう》、身体接触《しんたいせっしょく》は起《お》こらない。』『しかし、それがうまく機能《きのう》していないようだ。』『きみが落《お》とした西洋人形《せいようにんぎょう》に』『彼《かれ》らは動揺《どうよう》している。』『なかったはずの場所《ばしょ》に』『いつのまにか人形《にんぎょう》があったからだ。』『恐《おそ》れつつも興奮《こうふん》をおさえられず』『その場《ば》に集《あつ》まってきている。』

おれは階段《かいだん》を転《ころ》げ落《お》ちるときに手放《てばな》してしまった人形《にんぎょう》へ目《め》をやった。

そうか。おれが2階《かい》の部屋《へや》で体験《たいけん》したことを、見《み》えない入場者《にゅうじょうしゃ》たちも体験《たいけん》しているんだ！

くそ。冗談《じょうだん》じゃない。こんなの耐《た》えられるわけない。死《し》んじまう。

おれは必死《ひっし》に逃《のが》れようとした。でも動《うご》けない。

くそ。やばい。やばすぎる。やばいやばいやばい。

「たっ……たす、けっ……て……。」

しだいに、意識《いしき》が、遠《とお》のいて、いって——……。


「——じょうぶか？　返事《へんじ》をしろ。」

まぶたをあけると、目《め》の前《まえ》にひとの顔《かお》があった。

髪色《かみいろ》がピンクベージュで、男《おとこ》にも女《おんな》にも見《み》える。おどろくほどの美形《びけい》だ。

「だ、だれ？　ここは……？　ぐっ。ぬう。」

体《からだ》を起《お》こそうとして、全身《ぜんしん》に痛《いた》みが走《はし》る。

「目覚《めざ》めたな。ここはＳＣＰ《エスシーピー》－２３２９の外《そと》だ。」

暗闇《くらやみ》のなか、ピンク髪《がみ》の背後《はいご》に６階建《かいだ》てのアパートが見《み》える。

「あ、あんたが、あそこから連《つ》れ出《だ》してくれたのか？」

「そうだ。SCP《エスシーピー》－２３２９内《ない》では、知的生命体《ちてきせいめいたい》を知覚《ちかく》できなくなる。配信動画《はいしんどうが》を手《て》掛《が》かりに、空気《くうき》をつかんで移動《いどう》させるのは、妙《みょう》な経験《けいけん》だったな。」

ふつうなら、こんな話《はなし》を信《しん》じられるわけがない。

だけど……。

アパートのなかには、おれ以外《いがい》にも大勢《おおぜい》のひとがいて。

むこうもこちらを認識《にんしき》できていなかった。

もう少《すこ》しで命《いのち》を落《お》としていたかもしれないと思《おも》うと、あらためてぞっとする。

「ガ、ガチで助《たす》かった。あのままじゃあぶなかった。」

命《いのち》の恩人《おんじん》を見《み》つめる。

中学生《ちゅうがくせい》くらいだろうか？　白《しろ》いブレザーにグレイのハーフパンツを合《あ》わせている。

ネクタイもしめていて、どこかいいところの学校《がっこう》の制服《せいふく》みたいだ。

「……あんた、もしかしてコメントくれてたひと？」

「ああ。SCP《エスシーピー》ガチャの調査中《ちょうさちゅう》に、きみの配信《はいしん》を見《み》つけた。あれは願《ねが》いをかなえるなどという甘《あま》い言葉《ことば》でガチャをまわさせ、異常存在《いじょうそんざい》をコピーする。」

「そ、そのSCP《エスシーピー》ガチャとかってなんなの？　調査《ちょうさ》？　というか、あんたはだれなんだ？　あ、おれ、岩崎四季《いわさきしき》っていうんだけど。高《こう》2。」

「ぼくの名前《なまえ》はクオリア。SCP財団《エスシーピーざいだん》のエージェントだ。」

「そ、それ！　SCP財団《エスシーピーざいだん》？　ガチャにも説明《せつめい》があった。異常存在《いじょうそんざい》からひとびとを守《まも》る組織《そしき》とかって。」

「そうだ。」

ぶるりと、おれは身震《みぶる》いした。

これって、なんかすごくない？　え？　いや、すごすぎるだろ。

「な、なあ、もっとくわしく話《はなし》を聞《き》かせてくれないか？　てか撮影《さつえい》してもいい？　いまの話《はなし》を配信《はいしん》したら、視聴者《しちょうしゃ》ふえると思《おも》うんだ。」

それは、おれの願《ねが》いがかなうということだ。

SCP《エスシーピー》ガチャは本物《ほんもの》だ！

「いっそ、おれと組《く》まないか？　そうだよ！　あんたも有名人《ゆうめいじん》になれるって！　見《み》た目《め》もいいしさ。ぜったい人気《にんき》出《で》る！　収益《しゅうえき》とかすごいことになるかも！　あんたが映《うつ》って、おれが撮影《さつえい》して——。」

「断《ことわ》る。」

「いやいやいや。もうちょい話《はなし》を——。」

「そもそもシキは、きょうのことを記憶《きおく》できない。」

「え？」

「録画《ろくが》データは消去《しょうきょ》した。すでに、シキの動画視聴者全員《どうがしちょうしゃぜんいん》の記憶《きおく》も改変《かいへん》ずみだ。」

そこでクオリアはおれのひたいに手《て》のひらを押《お》しあててきた。

ひどく冷《つめ》たい手《て》。

「は？　いや、ちょ、ま——。」

「シキはぼくと出会《であ》わなかった。SCP《エスシーピー》ガチャも財団《ざいだん》も知《し》らない。シキは——。」

○　○

ブーブー。ブーブー。

枕《まくら》もとのスマホに手《て》をのばすと、よゆうで8時《じ》をすぎていた。

「うお！　なんでだ！　遅刻《ちこく》じゃねえか！」

あわてて飛《と》び起《お》きた瞬間《しゅんかん》、体《からだ》のあちこちに痛《いた》みが走《はし》る。

「いっ……！」

寝間着《ねまき》をめくったら、いたるところに**アザ**ができていて、ビビった。

「おい、ウソだろ……なんだよこれ、いつのまに……？」

まったく覚《おぼ》えがなかった。

でも、いまはそれどころではないので、急《いそ》いで制服《せいふく》に着替《きが》えた。

朝食《ちょうしょく》はあきらめて、マンションを出《で》る。

と、おかしなものを見《み》つけた。

「あれ？　どうしてこんなところにガチャなんかあるんだ？」

マンションの真《ま》ん前《まえ》に、ぽつんと設置《せっち》されていて、なぞだ。

願《ねが》いがかなう⁉　SCP《エスシーピー》ガチャの世界《せかい》へようこそ‼

「ふーん。願《ねが》いか。やっぱ有名配信者《ゆうめいはいしんしゃ》になりたいよな。」

説明文《せつめいぶん》によると1回《かい》10円《えん》らしい。

「やっす。よし、それなら——。」

SCPガチャ図《ず》鑑《かん》

その家《いえ》には誰《だれ》もいない

オブジェクトクラス
Safe
セーフ

アイテム番号《ばんごう》
SCP-2329

特別収容《とくべつしゅうよう》プロトコル(Special Containment Procedures《スペシャルコンテインメントプロシージャーズ》)

暫定《ざんてい》サイト-27-2329に収容《しゅうよう》。入《い》り口《ぐち》は窓《まど》も含《ふく》めすべて金属《きんぞく》板《ばん》でふさぐ必要《ひつよう》がある。財団《ざいだん》はSCP《エスシーピー》-2329の周辺《しゅうへん》地区《ちく》を購入《こうにゅう》し、管理《かんり》している。

説明《せつめい》

6階《かい》建《だ》て60部屋《へや》のアパート。だれでも自由《じゆう》に出入《でい》りすることができる。しかし、いったん足《あし》をふみいれると、入場者《にゅうじょうしゃ》はほかの知的生命体《ちてきせいめいたい》を見《み》ることができなくなる。自分《じぶん》のほかにも入場者《にゅうじょうしゃ》がいた場合《ばあい》、互《たが》いに無意識《むいしき》に衝突《しょうとつ》を避《さ》けようとする。

4
50メートル以内《いない》には近《ちか》づかないでください
SCP《エスシーピー》-910-JP《ジェーピー》 シンボル

「ねえねえねえ！　ユーヤくん！　SCP《エスシーピー》ガチャって知《し》ってる？」

小野栗祐也《おのぐりゆうや》（中《ちゅう》1）が新聞部《しんぶんぶ》の部室《ぶしつ》で資料整理《しりょうせいり》をしていると、とつぜん部長《ぶちょう》の長友《ながとも》詩乃《しの》（中《ちゅう》2）が突撃《とつげき》してきた。

自慢《じまん》のデジタル一眼《いちがん》レフカメラを、いつも首《くび》からストラップでさげて持《も》ち歩《ある》いているメガネ女子《じょし》である。

「急《きゅう》になんですか、シノ先輩《せんぱい》。えすしーぴーガチャ？」

「願《ねが》いをかなえてくれるガチャなんだって。」

うわ、あやしすぎるでしょそれ、とユーヤは思《おも》った。

ちなみに、新聞部《しんぶんぶ》にはユーヤとシノしか部員《ぶいん》がいない。

絶賛廃部《ぜっさんはいぶ》の危機《きき》にある。

「見《み》つけたひとは、そのガチャをやりたくてしかたなくなるらしいの。でも、どんなのが出《で》てくるかわからないでしょ？　願《ねが》いがかなうどころか、怖《こわ》い思《おも》いをすることもあるんだって。怪物《かいぶつ》が現《あらわ》れたり、死《し》を予言《よげん》されたり。」

怪物《かいぶつ》？　死《し》の予言《よげん》？

「そんな話《はなし》、はじめて聞《き》きましたけど。どこ情報《じょうほう》です？」

「クラスの子《こ》。ただ、なんか、ふわっとした話《はなし》だったんだよね。実際《じっさい》にガチャをまわしたはずなのに、よく覚《おぼ》えてないとか言《い》っててさ。」

「なんすかそれ。」

「うちもネットで調《しら》べてみたんだけど、それっぽい掲示板《けいじばん》の書《か》きこみはどれも削除《さくじょ》されて読《よ》めなくなってた。」

「削除《さくじょ》……。」

「ことごとく削除《さくじょ》されてるとか、なんか気《き》にならない？　ジャーナリストの血《ち》がさわぐぜ。ってわけだから、次号《じごう》の**学校新聞《がっこうしんぶん》**はＳＣＰ《エスシーピー》ガチャ特集《とくしゅう》に決定《けってい》ね！」

指《ゆび》でつくったピストルをユーヤにむけながら、シノは宣言《せんげん》した。

彼女《かのじょ》が思《おも》いつきで特集《とくしゅう》を組《く》むのは、いまにはじまったことではない。

先月《せんげつ》も人面魚《じんめんぎょ》が出《で》るとうわさの池《いけ》（情報源《じょうほうげん》はシノの小学《しょうがく》5年生《ねんせい》の弟《おとうと》）へ取材《しゅざい》に行《い》った。写真《しゃしん》に撮《と》れれば大発見《だいはっけん》だと意気込《いきご》んだものの、結局《けっきょく》、3日通《みっかかよ》っても、なにも見《み》つけられなかった。

今回《こんかい》も、どうせそんなものだろうとユーヤは思《おも》っていた――のだけれど。


「……マジか。」

放課後《ほうかご》、シノのクラスメイトがガチャを見《み》かけたという場所《ばしょ》へむかうと、あっさりとそれらしいものを発見《はっけん》してしまった。

願《ねが》いがかなう!?　SCP《エスシーピー》ガチャの世界《せかい》へようこそ!!

異常存在《いじょうそんざい》やらSCP財団《エスシーピーざいだん》やら、凝《こ》った設定《せってい》があるようだ。

見本写真《みほんしゃしん》のフィギュアはなかなか精巧《せいこう》である。

シノはさっそくデジタル一眼《いちがん》レフでガチャ本体《ほんたい》を撮《と》りはじめた。

説明文《せつめいぶん》には10円《えん》で願《ねが》いがかなうと書《か》いてある。

いかにもうさんくさい。ふだんのユーヤならやらない。

けど、どうしたことか、うずうずしている自分《じぶん》がいた……。

気《き》づくと、シノがリュックからサイフをとり出《だ》している。

「先輩《せんぱい》、ガチャまわすんですか？　なんかこれ、おかしな感《かん》じしません？」

「そこがいいんじゃん。」

「……なにを願《ねが》うんですか？」

「そんなの**大**《だい》**スクープ**一択《いったく》でしょ！」

シノは用意《ようい》した10円玉《えんだま》を投入《とうにゅう》して、ハンドルをまわした。

「なにが出《で》るかな♪　なにが出《で》るかな♪」

出《で》てきたカプセルをあけて、ふたりで中身《なかみ》のフィギュアを確認《かくにん》する。

「なにこれ、**道路標識**《どうろひょうしき》**？**」

シノの言《い》うとおり、それは道端《みちばた》に設置《せっち》されている道路標識《どうろひょうしき》のミニチュアだった。

「ぽいですけど、この標識《ひょうしき》、ちょっと変《へん》じゃないです？」

黄色《きいろ》いひし形《がた》の標識《ひょうしき》に魚《さかな》が描《えが》かれている。

説明書《せつめいしょ》には『**SCP《エスシーピー》-910-JP《ジェーピー》**』『**シンボル**』『**50メートル以内《いない》には近《ちか》づかないでください。**』と書《か》かれていた。

「シカとかサルの注意《ちゅうい》はわかりますけど、魚《さかな》の標識《ひょうしき》なんて実在《じつざい》するんですかね？」

ユーヤの疑問《ぎもん》にシノは「どうだろ。」と首《くび》をかしげる。

「釣《つ》り禁止《きんし》ならありそうだよね。って、**あ！**」

「な、なんです、でかい声出《こえだ》して。びっくりするじゃないですか。」

「ガチャが消《き》えてる！」

「は？　いや、そんなはず……え？」

いつのまにかガチャがなくなっていた。目《め》を離《はな》したのはわずかな時間《じかん》だし、だれも移動《いどう》させられるはずがないのに……。

「ウソ、なんで？　どういうこと？　ちょっと持《も》ってて。」

フィギュアをユーヤにあずけると、シノはカメラのデータを確認《かくにん》しはじめた。

「はあ⁉　**写真《しゃしん》も消《き》えてるんだけど⁉**」

「え？　ちょっと見《み》せてください。……ほんとだ。」

どういうことだろう？

ただの操作《そうさ》ミスか？　それとも意味《いみ》のあることなのか？

「すごいすごいすごいっ！　一瞬《いっしゅん》にしてガチャが消《き》えちゃった！」

シノが目《め》をかがやかせる。

「こんなことありえる？　スクープだよ！　願《ねが》いがかなったんだ！」

「……本気《ほんき》で言《い》ってます？」

「ユーヤくんも見《み》たでしょ？　ガチャが消《き》えちゃったんだよ？　ふつうじゃない！」

「それは……。けどスクープっていっても、写真《しゃしん》も消《き》えちゃったし、なにも証明《しょうめい》できないじゃないですか。」

「フィギュアがあるじゃん！」

シノはあくまでも前向《まえむ》きである。ユーヤは肩《かた》をすくめるしかない。

「このフィギュア、結局《けっきょく》なんなんですかね？　なぞなんですけど。」

ユーヤはシノにフィギュアを返却《へんきゃく》する。シノはそれをしげしげとながめた。

「よくわかんないけど、しばらく観察《かんさつ》してみよう。」


そのつぎの日《ひ》。

ユーヤが朝食《ちょうしょく》を食《た》べていると、テレビからおかしなニュースが聞《き》こえてきた。

『つづいてのニュースはこちら。××市《し》の複数《ふくすう》の地点《ちてん》で、昨夜《さくや》からきょう未明《みめい》にかけて、**空《そら》から魚《さかな》が降《ふ》ってくる**という怪現象《かいげんしょう》が目撃《もくげき》されました。奇妙《きみょう》なことに、魚《さかな》は数時間《すうじかん》のうちに消失《しょうしつ》したとのことです。警察《けいさつ》は航空機《こうくうき》からの落下物《らっかぶつ》の可能性《かのうせい》もあるとみて、調《しら》べています。もし落下《らっか》した魚《さかな》を発見《はっけん》しても、食《た》べないようにとの――。』

テレビに近所《きんじょ》が映《うつ》っているのを見《み》て、ユーヤはぽかんとする。

思《おも》いうかべたのは、あの道路標識《どうろひょうしき》のフィギュアだった。

あそこには魚《さかな》が描《えが》かれていた。もしかして関係《かんけい》が……。

いや、でもまさか、そんなことがあるわけない。

と、スマホが振動《しんどう》しはじめる。

『ユーヤくん！　ニュース見《み》た⁉』

「み、見《み》ました。あれって、きのうガチャを見《み》かけたあたりですよね？」

『うち、いまから行《い》こうと思《おも》う。ユーヤくんも来《こ》られる？』

「わ、わかりました。すぐ準備《じゅんび》します。」

急《いそ》いで現場《げんば》へむかうと、デジタル一眼《いちがん》レフを持参《じさん》したシノが先《さき》に到着《とうちゃく》していた。

「ユーヤくん、こっちこっち！」

テレビ中継《ちゅうけい》はおわったものの、それなりの数《かず》の人間《にんげん》が残《のこ》っている。

あたりは微妙《びみょう》に**生《なま》ぐさい**。魚《さかな》はどこかへ消《き》えてしまったという話《はなし》だけれど、このにおいは、たしかに魚《さかな》が降《ふ》ってきたことの証《あか》しだった。

「これって、いったいどういうことですかね？」

問《と》いかけると、シノはあたりを見《み》まわし、ユーヤをひとごみから離《はな》れたところへひっぱった。

「ちょ、なんです？」

「ユーヤくんが来《く》る前《まえ》に、軽《かる》く聞《き》きこみしてみたの。おかしなことが起《お》きる前兆《ぜんちょう》はなかったかって。きのうは雲《くも》ひとつなくて、風《かぜ》もおだやかだった。だれも天候《てんこう》の異変《いへん》は感《かん》じてなかったみたい。ただ何人《なんにん》かのひとが教《おし》えてくれたんだけど――。」

メガネの奥《おく》の瞳《ひとみ》を細《ほそ》めて、シノは告《つ》げる。

「**いつもはない場所《ばしょ》に、魚《さかな》マークの変《か》わった道路標識《どうろひょうしき》があったらしい。**」

「そ、それって……。」

「これは報道《ほうどう》されてない情報《じょうほう》。てか関係《かんけい》あるなんて、だれも思《おも》わないよね。うちら以《い》外《がい》は。でね、その道路標識《どうろひょうしき》だけど、目撃《もくげき》された場所《ばしょ》は1か所《しょ》じゃないの。」

「1か所《しょ》じゃない？」

「これは仮説《かせつ》だけど、**道路標識《どうろひょうしき》は移動《いどう》してるんだと思《おも》う。**」

「……移動《いどう》。」

「それと、きのうのフィギュアなんだけど、帰《かえ》ってから、とりあえず机《つくえ》の上《うえ》に置《お》いといたのね。なのに、けさ目《め》が覚《さ》めたら……い、い、い、い、なくなってた。」

「ど、どういうことですか？」

「消《き》えちゃったの。ガチャやその写真《しゃしん》データと同《おな》じで。」

消《き》えたフィギュア。なぞの道路標識《どうろひょうしき》の目撃情報《もくげきじょうほう》。そして起《お》こった怪現象《かいげんしょう》。

「一連《いちれん》のことはつながっていると思《おも》う。」

シノはひと呼吸《こきゅう》おいてからつづけた。

「これってやっぱり大《だい》スクープだよっ！」

学校《がっこう》がおわったあと、手分《てわ》けして道路標識《どうろひょうしき》をさがすことになった。

ユーヤはいったん帰宅《きたく》し、着替《きが》えてから自転車《じてんしゃ》を走《はし》らせた。

あちこちに道路標識《どうろひょうしき》が立《た》っているけれど、魚《さかな》のマークは見《み》つけられない。

どれもふつうのものだ。

というか、朝《あさ》から時間《じかん》がたって、少《すこ》し冷静《れいせい》になってきた。

フィギュアが消《き》えたことと魚《さかな》が降《ふ》ってきたことに、本当《ほんとう》に関係《かんけい》なんかあるのだろうか？　ただの偶然《ぐうぜん》ではないのか。

ネットで調《しら》べてみたら、空《そら》から魚《さかな》やカエルが降《ふ》ってくる現象《げんしょう》は世界中《せかいじゅう》で報告《ほうこく》されていた。**ファフロツキーズ**というらしい。

竜巻《たつまき》で海《うみ》や湖《みずうみ》の水《みず》とともに、そこにいた生《い》き物《もの》もすいあげられ、それが離《はな》れた場《ば》所《しょ》に降《ふ》るのだという。

仮説《かせつ》のようだけど、道路標識《どうろひょうしき》のしわざと考《かんが》えるより現実的《げんじつてき》な解釈《かいしゃく》だろう。

「ガチャやフィギュアが消《き》えたのだって、怪奇現象《かいきげんしょう》とはかぎらないし。」

快晴《かいせい》だった。遠《とお》くの空《そら》を**鳥《とり》の群《む》れ**が飛《と》んでいる。

道《みち》はまっすぐ平坦《へいたん》で、左側《ひだりがわ》にガードレールがある。そのむこうは20メートルほどの崖《がけ》になっていた。

そのまま自転車《じてんしゃ》で走《はし》っていると、『**止《と》まれ**』の標識《ひょうしき》が見《み》えてきた。

とくべつなものではなく、そのまま近《ちか》づいていくと――。

「**は？**」

一瞬《いっしゅん》にして、**竹注意《たけちゅうい》の標識《ひょうしき》に変化《へんか》した。**

と思《おも》ったらアスファルトを突《つ》き抜《ぬ》けて、にょきにょきとタケノコが生《は》えてくる。

「うわっ！」

自転車《じてんしゃ》をまっすぐ走《はし》らせることができず、あわててブレーキをにぎりしめた。

「ウソだろ……。ほ、ほんとに、あの標識《ひょうしき》のしわざなのかよ。」

ひと気《け》のない道《みち》なので、ユーヤの進行《しんこう》をじゃました以外《いがい》の被害《ひがい》は出《で》ていない。

いや、アスファルトがこうなってしまったのは被害《ひがい》といえば被害《ひがい》だが。

「そ、そうだ。シノ先輩《せんぱい》に電話《でんわ》しないと！」

竹注意

ユーヤはポケットからスマホをとり出《だ》した。

5分後《ふんご》に合流《ごうりゅう》したシノは、自転車《じてんしゃ》を飛《と》ばしてきたために汗《あせ》だくだった。

「うわ、なにこれ！　竹《たけ》？」

「この5分《ふん》でめっちゃのびちゃって……。」

あたりはもはや竹林《ちくりん》と化《か》している。さすがに近隣《きんりん》の住民《じゅうみん》も気《き》づいて、集《あつ》まってきていた。通報《つうほう》したほうがいいと話《はな》しあっている。

「標識《ひょうしき》はどこ？」

「この奥《おく》です。最初《さいしょ》は『止《と》まれ』の標識《ひょうしき》だったんですよ。とくに気《き》にしてなくて、自《じ》転車《てんしゃ》に乗《の》ったまま近《ちか》づいていったら、急《きゅう》に竹注意《たけちゅうい》に変《か》わったんです。こ、これ本当《ほんとう》にあの標識《ひょうしき》のせいなんですか？」

「ほかにどう説明《せつめい》すんの？」

「それは……。」

「よし。行《い》ってみよう。」

「え、本気《ほんき》ですか？」

「みすみすスクープを逃《のが》すわけにはいかない。警察《けいさつ》が来《く》る前《まえ》に行動《こうどう》しないと。」

じゃまにならない場所《ばしょ》に自転車《じてんしゃ》を止《と》めると、シノは密集《みっしゅう》する竹《たけ》のなかに分《わ》け入《い》ろうとする。

「あ、待《ま》ってください！　おれも行《い》きますって！」

近隣住民《きんりんじゅうみん》が見《み》ていないすきに、ふたりで竹林《ちくりん》に突入《とつにゅう》した。

竹《たけ》は生長《せいちょう》が早《はや》いと言《い》うけれど、さすがにこの生長速度《せいちょうそくど》は異常《いじょう》だ。

視界《しかい》が完全《かんぜん》にさえぎられてしまっている。なかなか進《すす》めない。

それでも、やがて。

「**あれだ！**」

シノがデジタル一眼《いちがん》レフをかまえた先《さき》、うっそうとした竹林《ちくりん》のなかに、ぽつんと道路標識《どうろひょうしき》が立《た》っていた。

「たしかに、竹《たけ》に注意《ちゅうい》になってるね。それ以外《いがい》におかしなところはないけど。」

シノはその場《ば》でしゃがんで小石《こいし》をひろうと、標識《ひょうしき》にむかって投《な》げつけた。

瞬間《しゅんかん》、ぐにゃりと標識《ひょうしき》のポール部分《ぶぶん》が曲《ま》がって石《いし》をよけた。

「み、見《み》た？」

「……見《み》ました。」

「よし。近《ちか》づいてみよう。」

「ちょちょちょ！　あぶないですって！　これ以上《いじょう》は近《ちか》づかないほうが――。」

そのとき、またしても標識《ひょうしき》が変化《へんか》した。

『←』という**一方通行《いっぽうつうこう》**の標識《ひょうしき》だ。

魚《さかな》や竹《たけ》にくらべればふつうだけれど――。

「え、あ、ちょ――。」

いいいいユーヤの足《あし》が勝手《かって》に動《うご》きはじめた。いいいいい
となりのシノも「わっ！　どうなってんの！」とこんわくしている。

その場《ば》でふんばろうとしても、体《からだ》が言《い》うことを聞《き》いてくれない。

ふいにユーヤの頭《あたま》にひとつの考《かんが》えがうかんだ。

「も、もしかして、標識《ひょうしき》が一方通行《いっぽうつうこう》に変《か》わったからですか？」

「な、なななな、なにそれ？」

「つ、つまり、標識《ひょうしき》に指示《しじ》されたい、い、方向《ほうこう》にしかい、い、進《すす》めなく、な、なっ、たってことじゃ……。」

足《あし》が自由《じゆう》にならない。とっさに竹《たけ》にしがみついても、止《と》まることができない。

視線《しせん》の先《さき》には、ガードレールがあった。さらにその先《さき》には――。

気《き》づいて、血《ち》の気《け》がひく。

「やばいやばいやばい！　ユーヤくん、やばいって！　あそこ崖《がけ》じゃん！」

「わ、わわわ、わかってますよ、シノ先輩《せんぱい》！　と、止《と》まれ止《と》まれ止《と》まれっ！」

「だ、だれか！　だれか助《たす》けてください！」

シノが大声《おおごえ》をあげ、ユーヤもつづく。

そうしているまにも、ふたりはどんどん崖《がけ》に近《ちか》づいていて。

「ユ、ユーヤくん！」

「シノ先輩《せんぱい》！」

ガードレールを乗《の》り越《こ》える——。

「**「うわぁああああああああ！」**」

その直前《ちょくぜん》、とうとつにユーヤの足《あし》が止《と》まった。

となりのシノもギリギリのところでふみとどまっている。

「間一髪《かんいっぱつ》だったな。」

声《こえ》がしてふりかえると、いつのまに現《あらわ》れたのか見知《みし》らぬ人物《じんぶつ》が立《た》っていた。

ピンクベージュに髪《かみ》を染《そ》め、白《しろ》いブレザーを着《き》ている。

ユーヤたちと同《おな》い年《どし》くらいだろうか。

その背後《はいご》にある道路標識《どうろひょうしき》は、ただの『止《と》まれ』の標識《ひょうしき》に変《か》わっていた。

「**SCP**《エスシーピー》**－514**の効果《こうか》だ。」

そう言《い》って、ピンク髪《がみ》の人物《じんぶつ》は空《そら》を見《み》あげた。

中性的《ちゅうせいてき》な声《こえ》の持《も》ち主《ぬし》で、男《おとこ》か女《おんな》かわからない。

ユーヤとシノも視線《しせん》を上《うえ》へむける。

竹林《ちくりん》のむこう、青空《あおぞら》を飛《と》ぶ鳥《とり》の群《む》れが見《み》えた。

「SCP《エスシーピー》－514はハトの姿《すがた》をしている。彼《かれ》らの特殊《とくしゅ》能力《のうりょく》は**兵器無効化《へいきむこうか》オーラ**をまとっていることだ。」

「兵器無効化《へいきむこうか》？」

ユーヤは相手《あいて》に視線《しせん》をもどした。

「そうだ。周囲《しゅうい》500メートルにおいて、あらゆる武《ぶ》器《き》を無力化《むりょくか》できる。くわえて生物《せいぶつ》の敵意《てきい》や攻撃性《こうげきせい》をもおさえる働《はたら》きが確認《かくにん》されている。捕獲《ほかく》はされておらず、**機動部隊《きどうぶたい》ラムダ**－4《フォー》が常時《じょうじ》、追跡《ついせき》している。事前《じぜん》に、部隊《ぶたい》に協力《きょうりょく》を要請《ようせい》して、このエリアまでSCP《エスシーピー》－514を誘導《ゆうどう》してもらった。うまくいったな。」

細《こま》かいことはよくわからなかったけれど、あのハトのおかげで助《たす》かったらしい。

「あ、あの、あなたは……？」

ユーヤはまだドキドキする胸《むね》を押《お》さえながらたずねた。

「ぼくはクオリア。SCP《エスシーピー》ガチャを追《お》っている。」

「えすしーぴー、ガチャ……。」

「願《ねが》いをかなえるとうたいながら、異常存在《いじょうそんざい》をコピーする厄介《やっかい》なガチャだ。きみらに危険《きけん》がおよんだのは、ガチャがコピーしたSCP《エスシーピー》－910－JP《ジェーピー》、通称《つうしょう》『**シンボル**』のせいだ。」

クオリアは背後《はいご》の道路標識《どうろひょうしき》へ視線《しせん》をうつした。

「SCP《エスシーピー》－910－JP《ジェーピー》は、道路標識《どうろひょうしき》の形《かたち》をした異常存在《いじょうそんざい》で、オブジェクトクラスはKeter《ケテル》。人間《にんげん》を遠《とお》ざけるため、標識《ひょうしき》に示《しめ》された現象《げんしょう》をひき起《お》こす。」

ユーヤは、説明書《せつめいしょ》に『**50メートル以内《いない》には近《ちか》づかないでください。**』と書《か》いてあったことを思《おも》い出《だ》した。

竹《たけ》が生《は》えたのも、ユーヤたちが一方向《いちほうこう》へしか進《すす》めなくなったのもやはり、この道路《どうろ》標識《ひょうしき》のせいだったのだ。

「オリジナルのSCP《エスシーピー》－910－JP《ジェーピー》は、現在《げんざい》も回収《かいしゅう》が不可能《ふかのう》とされている。が、幸《さいわ》いにもこちらはコピーだ。衝撃《しょうげき》を与《あた》えることで、もとのフィギュアにもどすことができる。」

「『衝撃《しょうげき》？』」

ユーヤとシノの声《こえ》が重《かさ》なった。

「このように。」

クオリアは道路標識《どうろひょうしき》に近《ちか》づいていき、ポールにこぶしを打《う》ちつけた。

ガン、ガン。

とたんに、バキ、バキ、と音《おと》をたてながら、まるで真空圧縮《しんくうあっしゅく》されるように、道路標《どうろひょう》識《しき》はちぢんでいった。やがて手《て》のひらサイズのフィギュアとなる。

さらに、アスファルトを突《つ》き破《やぶ》って生《は》えていた大量《たいりょう》の竹《たけ》も枯《か》れはじめた。

倍速映像《ばいそくえいぞう》を見《み》るように、あっというまに竹《たけ》はやせ細《ほそ》り、やがて消《き》えてしまう。

あたりには、アスファルトの穴《あな》だけが残《のこ》された。

集《あつ》まっていた住人《じゅうにん》たちのおどろく顔《かお》が見《み》える。

クオリアはフィギュアをひろいあげた。

「一件落着《いっけんらくちゃく》だ。これでもう、おかしなことは起《お》こらない。」

そこでシノが、「あの！」と大声《おおごえ》で呼《よ》びかける。

「うちら尾和良第二中《おわらだいにちゅう》の新聞部員《しんぶんぶいん》です。うちは2年《ねん》の長友詩乃《ながともしの》、こっちは1年《ねん》の小野《おの》栗祐也《ぐりゆうや》です。SCP《エスシーピー》ガチャのうわさを聞《き》いて、調《しら》べてたんです。ぜひ、あなたを取材《しゅざい》させてください！」

興奮《こうふん》した口調《くちょう》で、シノは提案《ていあん》した。けれど。

「わるいが許可《きょか》できない。」

クオリアは即答《そくとう》する。

「なんでですか！　こんなすごいこと、みんなに知《し》らせないわけには――。」

「知《し》らせる必要《ひつよう》はない。そもそも、**きみらには不可能《ふかのう》だ。**」

「不可能《ふかのう》？」

クオリアはフィギュアをブレザーのポケットに押《お》しこみ、シノの正面《しょうめん》に立《た》った。

「え？　あの？　え？」

まっすぐに見《み》つめられて、彼女《かのじょ》は逃《に》げ出《だ》せずにいる。

クオリアはシノのひたいに手《て》をあてた。

「ちょ、ちょっと！　なにしてるんですか！」

ユーヤが動《うご》いたときには、シノはその場《ば》にくずおれていた。

「シノ先輩《せんぱい》!?　だいじょうぶですか？　シノ先輩《せんぱい》！」

あわててシノを抱《だ》き起《お》こす。息《いき》はしている。ただ意識《いしき》を失《うしな》っただけのようだ。

ざり、と、くつ音《おと》がしてユーヤは顔《かお》をあげた。

クオリアがユーヤを見《み》おろしている。

「つぎはきみの番《ばん》だ。」

○　○

「ねえねえ！　ユーヤくん！　SCP《エスシーピー》財団《ざいだん》って知《し》ってる？」

小野栗祐也《おのぐりゆうや》（中《ちゅう》1）が新聞部《しんぶんぶ》の部室《ぶしつ》で資料整理《しりょうせいり》をしていると、とつぜん部長《ぶちょう》の長友《ながとも》詩乃《しの》（中《ちゅう》2）が突撃《とつげき》してきた。

「急《きゅう》になんですか、シノ先輩《せんぱい》。えすしーぴー財団《ざいだん》？」

なんだろう。

どこかで聞《き》いたことがあるような気《き》もするけど、思《おも》い出《だ》せない。

「ちょっとうわさを聞《き》いたんだよね。怪現象《かいげんしょう》をひき起《お》こすアイテムや人物《じんぶつ》を確保《かくほ》、収《しゅう》容《よう》、保護《ほご》するひみつ組織《そしき》のことらしい。」

「なんすかその設定《せってい》。」

「でね、最近《さいきん》、その財団《ざいだん》のエージェントがたびたび目撃《もくげき》されてるんだって。ピンクの髪《かみ》に白《しろ》いブレザー姿《すがた》で、美少年《びしょうねん》にも美少女《びしょうじょ》にも見《み》えるとかって。」

「はあ。」

「うちもネットで調《しら》べてみたんだけど、掲示板《けいじばん》の書《か》きこみは削除《さくじょ》されちゃってて読《よ》めなくなってた。だからさ！」

シノは前《まえ》のめりになって言《い》った。

「うちらで、その人物《じんぶつ》について調《しら》べてみない？」

「ええー。」

「ぜったいウケるって。それ読《よ》んで部員《ぶいん》がふえるかもじゃん。」

「そうですかね？」

「次号《じごう》の見出《みだ》しは、『**SCP財団《エスシーピーざいだん》のなぞにせまれ！　目撃《もくげき》されるピンク頭《あたま》の人物《じんぶつ》とは何者《なにもの》か!?**』に決定《けってい》ね！」

SCPガチャ図鑑《ずかん》

シンボル

オブジェクトクラス
Keter
ケテル

アイテム番号《ばんごう》
SCP-910-JP

特別収容《とくべつしゅうよう》プロトコル(Special Containment Procedures)《スペシャル コンテインメント プロシージャーズ》

　収容《しゅうよう》できないため、発見地点《はっけんちてん》から半径《はんけい》[redacted]キロメートルの範囲《はんい》を封鎖《ふうさ》し、専用《せんよう》の塔《とう》からつねに監視《かんし》・記録《きろく》している。

説明《せつめい》

　通常《つうじょう》は「一時停止《いちじていし》」の道路標識《どうろひょうしき》。標識部分《ひょうしきぶぶん》はさまざまに変《へん》形《けい》し、それに関連《かんれん》する超常現象《ちょうじょうげんしょう》を発生《はっせい》させる。知性《ちせい》を有《ゆう》すると推測《すいそく》され、「いたずら好《ず》き」「人《ひと》をからかう」などの報告《ほうこく》がある。標識部分《ひょうしきぶぶん》に全体《ぜんたい》の20パーセント以上《いじょう》の欠損《けっそん》を与《あた》えると、超常《ちょうじょう》現象《げんしょう》の発生《はっせい》を一時的《いちじてき》に食《く》い止《と》めることができるが、その際《さい》にはしばしば攻撃的《こうげきてき》になる。

5 半額《はんがく》シールがお得《とく》とはかぎりません

SCP《エスシーピー》-½-JP《ジェーピー》-J《ジェー》 半額《はんがく》

それは3時間目《じかんめ》の数学《すうがく》の授業《じゅぎょう》おわりのことだった。

配《くば》られた宿題《しゅくだい》のプリントを見《み》て、中学《ちゅうがく》2年生《ねんせい》の豊島快斗《とよしまかいと》は、あれ？　と思《おも》った。

問題文《もんだいぶん》の下半分《したはんぶん》が、白紙《はくし》になっている。

クラスのだれも話題《わだい》にしていないので、カイトに配《くば》られたプリントだけ印刷《いんさつ》にミスがあったようだ。

そのことを教師《きょうし》に報告《ほうこく》しようとして、けれどカイトは直前《ちょくぜん》で思《おも》いとどまった。

宿題《しゅくだい》が半分《はんぶん》になっていることをラッキーだと考《かんが》えたからだ。

これは自分《じぶん》がわるいのではなく、印刷《いんさつ》ミスに気《き》づかなかった教師《きょうし》の責任《せきにん》だ。

ラッキーは翌日《よくじつ》の古文《こぶん》の宿題《しゅくだい》でも起《お》こった。

カイトに配《くば》られたプリントは、**はじめから解答《かいとう》が半分《はんぶん》うまっていた。**

模範解答《もはんかいとう》が印刷《いんさつ》された用紙《ようし》をあやまってまぜてしまったのかもしれない。

なんにせよ、自力《じりき》で解《と》かなければならない部分《ぶぶん》は半分《はんぶん》だ。

もちろん、教師《きょうし》には申告《しんこく》しなかった。

2日連続《ふつかれんぞく》でツイてる、とカイトは思《おも》った。


さらに翌日《よくじつ》、英語《えいご》の時間《じかん》に抜《ぬ》き打《う》ちでおこなわれた小《しょう》テストでは、**となりの西村《にしむら》さんの解答欄《かいとうらん》が半分《はんぶん》見《み》えた。**

もちろん、わざとではない。たまたまだ。

とはいえ参考《さんこう》にさせてもらった。

おかげで、いつもよりいい点《てん》がとれた。

中《ちゅう》2になって運気《うんき》が上昇《じょうしょう》してきたのかも、とカイトは気分《きぶん》がよくなった。

風向《かざむ》きが変《か》わったのは、つぎの日《ひ》のことだった。

「わるい、カイト。教室掃除《きょうしつそうじ》、代《か》わってくんない？」

帰《かえ》りのホームルーム終了《しゅうりょう》と同時《どうじ》にやってきたヒサシが、顔《かお》の前《まえ》で手《て》を合《あ》わせる。

「は？　なんでおれが？　ヤだよ。」

カイトは即答《そくとう》した。

が、ヒサシは食《く》い下《さ》がってくる。

「サッカー部《ぶ》、おくれるとまずいんだよ。おまえ帰宅部《きたくぶ》じゃん？」

「そうだけど……。」

「たのむ。つぎはおれが代《か》わるから。じゃ！」

「あ、おい！」

ヒサシだけでなく、バスケ部《ぶ》のアキトやナギも「たのんだ！」と言《い》って、教室《きょうしつ》を出《で》ていき、その場《ば》にはカイトだけが残《のこ》された。

「んだよ、おい……。」

土日《どにち》の休《やす》み明《あ》けには、こんなこともあった。

「うーす。」

カイトが教室《きょうしつ》に入《はい》っていくと、すでに登校《とうこう》していたヒサシたちが集《あつ》まり、なにやら盛《も》りあがっていた。

「なんの話《はなし》？」

リュックを置《お》いてから、カイトはそちらに近《ちか》づいていった。

「きのう観《み》にいった映画《えいが》の話《はなし》。」

と、ヒサシが答《こた》える。

「すっげえ、おもしろかったよな！」

ヒサシが言《い》うと、アキトとナギが応《おう》じる。

「おれ、ラスト泣《な》きそうになったもん。」

「おれも。まわりのひともハナずるずるさせてたよな！」

聞《き》けば、前日《ぜんじつ》の日曜《にちよう》、3人《にん》で映画《えいが》を観《み》てきたらしい。

「なんだよー、おれも誘《さそ》えよ。」

カイトは冗談《じょうだん》めかしてそう言《い》ったけれど、内心《ないしん》ではわりとショックだった。

この3人《にん》とは仲《なか》がいいと思《おも》っていたのに、自分《じぶん》だけ誘《さそ》われなかったからだ。

すると、ヒサシたちは顔《かお》を見合《みあ》わせた。

「あー、うん。」

「まあ、な？」

「つぎは誘《さそ》うよ。」

妙《みょう》な雰囲気《ふんいき》になり、カイトは居心地《いごこち》がわるくなった。


それだけではない。給食《きゅうしょく》の時間《じかん》のことだった。

「あのさ、西村《にしむら》さん。なんか、おれのぶんだけ少《すく》ない気《き》がするんだけど……。」

トレイにのせた食器《しょっき》を見《み》て、カイトは配膳係《はいぜんがかり》の西村《にしむら》さんに指摘《してき》した。

麻婆豆腐《マーボーどうふ》と白《しろ》いごはん、海藻《かいそう》サラダにみそ汁《しる》。

そのすべての分量《ぶんりょう》が、どう見《み》ても少《すく》なかった。

ほかのクラスメイトに配膳《はいぜん》されているものとくらべたら半分《はんぶん》ほどだ。

「**え？**」

西村《にしむら》さんはまばたきをする。

「え？　って……。」

カイトが西村《にしむら》さんと見《み》つめあっていると——。

「つかえてるから早《はや》く行《い》けよ。」

横《よこ》からヒサシに押《お》し出《だ》された。

「はあ？　ちょ、ざけんなって！」

カイトは不平《ふへい》を口《くち》にしたが、なぜかだれもとりあってくれなかった。

自分《じぶん》に対《たい》するみんなの態度《たいど》がおかしくないだろうか？

運気上昇中《うんきじょうしょうちゅう》なんて思《おも》っていたのが、ずいぶんむかしのことのようだ……。
いじめではない。と思《おも》う。そこまでの深刻《しんこく》さは感《かん》じない。
あいさつをすればかえしてくれるし、無視《むし》されるということはない。
しかし、これまでとは接《せっ》しかたがちがっていた。
カイトはクラスのなかでも目立《めだ》つほうだと自負《じふ》している。
運動《うんどう》は得意《とくい》だし、ルックスだってわるくない。
バレンタインデーには、先輩《せんぱい》の女子《じょし》からチョコレートをもらったくらいなのに。
なにか、みんなの気《き》に障《さわ》るようなことをしただろうか？
みんなでなくても、特定《とくてい》のだれかに。
その情報《じょうほう》がクラス内《ない》で拡散《かくさん》されて、全員《ぜんいん》から避《さ》けられている……とか？
けれど心当《こころあ》たりはなかった。
いったい、どうしてこんなことになってしまったんだろう？

おかしなことは学校《がっこう》でだけ起《お》きているのではなく、家《いえ》でもつづいた。

夕飯《ゆうはん》のカレーが、どういうわけかいつもの**半分**《はんぶん》にへらされていた。

「なんで、おれのカレー、リオンより少《すく》ないの？」

弟《おとうと》のリオンは現在《げんざい》、小学《しょうがく》4年生《ねんせい》だ。

食《た》べ盛《ざか》りという意味《いみ》では変《か》わらないけれど、体格《たいかく》がちがう。

張《は》りあってたくさん食《た》べようとしても、同《おな》じ量《りょう》は食《た》べられない。

「てか、デザートのプリン、**半分**《はんぶん》にされてる意味《いみ》がわからないんだけど！　リオンは1個《こ》で、なんでおれとお父《とう》さんで半分《はんぶん》ずつなんだよ？」

「プリンは2個《こ》しかないんだからしょうがないでしょ？　お兄《にい》ちゃんなんだから、リオンにゆずってあげなさいよ。」

母《はは》はそう言《い》い、リオンは、ふふん、とうれしそうに鼻《はな》を鳴《な》らした。

むかっときて、カイトは弟《おとうと》にでこぴんを食《く》らわせてやった。

「あ！　DV《ディーブイ》！　ドメスティックバイオレンス！」

大《おお》げさにぎゃあぎゃあ言《い》うリオンを無視《むし》して、カイトはカレーを追加《ついか》した。

さらにさらに異変《いへん》はつづく。

母《はは》から手渡《てわた》されたおこづかいが、750円《えん》にへらされていた！

100円玉《えんだま》7枚《まい》と10円玉《えんだま》5枚《まい》てなんなん⁉

「お母《かあ》さん！　これ、おかしくない？　先月《せんげつ》は1500円《えん》だったじゃん！」

学年《がくねん》があがったとき、それまで1000円《えん》だったのが500円増額《えんぞうがく》されたのだ。

「っていうか、なんでリオンは1000円《えん》なんだよ！」

「学校《がっこう》で必要《ひつよう》なものについては、おこづかいとはべつに出《だ》すから安心《あんしん》しなさい。」

「そういうこと言《い》ってるんじゃなくて……。」

「おれのほうが、兄《にい》ちゃんより上《うえ》！」

となりで、うれしそうに瞳《ひとみ》をかがやかせる弟《おとうと》が、腹立《はらだ》たしくてたまらなかった。

おかしい。おかしい。おかしい。わけがわからなすぎる。

「てか腹《はら》へった……。」

けさの朝食《ちょうしょく》も、いつもの半分《はんぶん》ほどしかなかった。これではもたない。

通学路《つうがくろ》は太陽《たいよう》に照《て》らされている。

けれど、カイトの心《こころ》はどんよりくもっていた。

「そこのきみ、すまない。」

しんどい体《からだ》をひきずるように歩《ある》いていると、声《こえ》をかけられた。

見覚《みおぼ》えのない相手《あいて》だ。

髪《かみ》をピンクベージュに染《そ》め、白《しろ》いブレザーを着《き》ている。

男子《だんし》？　いや女子《じょし》だろうか？　年《とし》は同《おな》じくらいに見《み》える。

「このあたりで妙《みょう》なガチャを見《み》かけなかったか？」

「え、ガチャ？　てか、だれ？」

「ぼくの名前《なまえ》はクオリア。ＳＣＰ《エスシーピー》ガチャをさがしている。」

「あ、それ、ちょっと前《まえ》に見《み》かけた。」

「いつ？　どこで見《み》かけた？」

「いつって……1週間《しゅうかん》くらい前《まえ》、かな。すぐそこの歩道橋《ほどうきょう》のそばで。」

カイトはそちらを指《ゆび》さした。

「1週間前《しゅうかんまえ》か。ではもうこの周辺《しゅうへん》にはないだろうな。」

くやしげにつぶやくと、クオリアはあらためてカイトを見《み》る。

「きみは、そのガチャをまわしたのか？」

「あ、うん。まあ。1回《かい》10円《えん》だったし。見《み》てたらやりたくなって。」

「なにを願《ねが》った？」

「そんなたいしたことじゃないけど。かなうと本気《ほんき》で思《おも》ったわけじゃないし。」

「なにを願《ねが》った？」

クオリアがくりかえす。

「……えっと、**宿題《しゅくだい》が半分《はんぶん》になりますように**、とか。どうせなら、宿題《しゅくだい》がなくなりますようにって願《ねが》えばよかった。」

くだらない願《ねが》いごとにカイトは笑《わら》ったけれど、クオリアは無表情《むひょうじょう》のままだった。

「なるほど。なにが出《で》てきた？」

「なんか、カプセルのなかに、まるいカードが入《はい》ってた。」

「カード？」

「プラスチックのちょっと厚《あつ》めのやつ。赤地《あかじ》に黄色《きいろ》の星《ほし》っつーか、ギザギザしたマークの、ほら、スーパーの値引《ねび》きシールみたいなやつ。実際《じっさい》、説明書《せつめいしょ》に『半額《はんがく》』って書《か》いてあったし。」

あと、『**半額《はんがく》シールがお得《とく》とはかぎりません。**』とも書《か》いてあったっけ。

「いつのまにかどっかいっちゃったんだけど。」

「値引《ねび》きシール。SCP《エスシーピー》－½－JP《ジェーピー》－J《ジェー》だろう。となると少々厄介《しょうしょうやっかい》だな。事前知識《じぜんちしき》がなければ、あれの効果《こうか》は自覚《じかく》できない。カード状《じょう》のフィギュアか。」

ぶつぶつとなにか言《い》っている。

なんだか変《へん》なやつだな、と思《おも》った。そのおかしさは、どことなく、ここ数日《すうじつ》カイトが経験《けいけん》したことと似《に》ているような気《き》がする。

そうだ。やっぱりおかしい。

すべてはつながっている？

「よ、よくわかんないんだけど、……もしかして、おれに変《へん》なことが起《お》きてるのは、そのSCP《エスシーピー》なんとかってやつと関係《かんけい》あったりして……？」

「SCP《エスシーピー》－½－JP《ジェーピー》－J《ジェー》だ。変《へん》なこと？　心当《こころあ》たりがあるのか？」

「それが、なんでか給食《きゅうしょく》とかこづかいが半分《はんぶん》にへらされてるんだ。それだけじゃなくて、友《とも》だちとかにも雑《ざつ》にあつかわれてる感《かん》じで。」

クオリアがまっすぐにカイトを見《み》る。そしてひとつうなずいた。

「そうか。最初《さいしょ》に『半額《はんがく》』という文字《もじ》を見《み》たことで、無意識《むいしき》のうちに情報《じょうほう》がすりこまれ、ある種《しゅ》の免疫《めんえき》を獲得《かくとく》したのかもしれない。とすると、宿題《しゅくだい》が半分《はんぶん》になるという願《ねが》いはかなったのではないか？　それと自覚《じかく》できたはずだ。」

「……あ。数学《すうがく》の宿題《しゅくだい》が半分《はんぶん》、印刷《いんさつ》されてなかったことがある。あと、古文《こぶん》のときは最初《さいしょ》から解答用紙《かいとうようし》が半分《はんぶん》うまってたり……。」

あのときは、単《たん》にラッキーだとしか思《おも》わなかったけれど、宿題《しゅくだい》が半分《はんぶん》になればいいというカイトの願《ねが》いはかなっていたのか。

「免疫《めんえき》により恩恵《おんけい》に気《き》づくことができたわけだ。だが半分《はんぶん》にへらされたのは、宿題《しゅくだい》だけではなかった。給食《きゅうしょく》やこづかい、**きみ自身《じしん》の存在価値《そんざいかち》まで半額《はんがく》――半分《はんぶん》になってしまった。**」

「存在価値《そんざいかち》が、半分《はんぶん》？」

そのために、軽《かる》く見《み》られるようになった？

掃除《そうじ》を押《お》しつけられたり、遊《あそ》びに誘《さそ》ってもらえなくなったり。

「過去《かこ》には、給料《きゅうりょう》が半分《はんぶん》にされていても気《き》づかなかったという報告《ほうこく》がある。それとくらべれば、不幸中《ふこうちゅう》の幸《さいわ》いと言《い》えるだろう。」

クオリアはじろじろとカイトの全身《ぜんしん》をながめた。

いつもは生徒《せいと》でにぎわう通学路《つうがくろ》なのに、ふしぎなことに、だれも通《とお》りかからない。

「ワイシャツをめくってみてくれ。」

クオリアはとつぜんそんなことを要求《ようきゅう》してくる。

「は？　な、なんで？」

「きみの身《み》に起《お》きている不可解《ふかかい》な事象《じしょう》を解決《かいけつ》するためだ。」

そんなふうに言《い》われては断《ことわ》りにくい。

カイトはワイシャツをめくりあげた。

「こ、これでいい？」

「うしろをむいてくれ。」

求《もと》められるまま背中《せなか》を見《み》せる——と。

「うわ、なにさわってんだよ！」

クオリアの冷《つめ》たい指先《ゆびさき》がふれて、カイトは飛《と》びあがるほどおどろいた。

「**すべての元凶《げんきょう》はこいつだ。**」

ふりかえると、クオリアは1枚《まい》の**シール**を手《て》にしていた。

ガチャをまわしたあの日《ひ》、カプセルに入《はい》っていたものと同《おな》じデザインだった。

そのシールから、近所《きんじょ》のスーパーで流《なが》れている**店内《てんない》BGM《ビージーエム》**のようなメロディが聞《き》こえてくる……。

「な、なにそれ？」

「SCP《エスシーピー》ガチャが生《う》みだしたSCP《エスシーピー》－½－JP《ジェーピー》－J《ジェー》のコピーだ。オリジナルのオブジェクトクラスはEuclid《ユークリッド》、アクリル製密閉容器《せいみつぺいようき》に収《おさ》められ、**サイト－8181**の小型生物収容室《こがたせいぶつしゅうようしつ》に保管《ほかん》されている。張《は》りついた物体《ぶったい》の価値《かち》が、本来《ほんらい》の半分《はんぶん》であるように感《かん》じさせる能力《のうりょく》をもった棘皮動物《きょくひどうぶつ》だ。」

「きょくひどうぶつ？」

「トゲのあるウニが代表的《だいひょうてき》だが、ヒトデやナマコなどもふくむ動物《どうぶつ》の総称《そうしょう》だな。」

「ウニの、仲間《なかま》なの？　そのシールが？」

「そうだ。」

「そ、そいつが、おれに張《は》りついてた？」

「そのために、きみは周囲《しゅうい》から半分《はんぶん》の価値《かち》に見《み》られていたということだ。」

言《い》って、クオリアはシールをにぎりつぶした。BGM《ビージーエム》が消《き》える。

クオリアがこぶしをひらくと、それはプラスチックのまるいカード状《じょう》の物体《ぶったい》に変化《へんか》していた。

「SCP《エスシーピー》ガチャがコピーした異常存在《いじょうそんざい》は、衝撃《しょうげき》を与《あた》えることで無害化《むがいか》できる。」

「ってことは、これで、おれの価値《かち》も元《もと》どおりってこと？」

クオリアはうなずいた。

「た、助《たす》かった……。」

力《ちから》がぬけて、カイトはその場《ば》にしゃがみこんだ。が、すぐに立《た》ちあがる。

「ガチでありがとう。ほんと。めっちゃ感謝《かんしゃ》してる。」

宿題《しゅくだい》が半分《はんぶん》になるかわりに、あんなふうにひととして粗末《そまつ》にあつかわれるのはごめんだ。

「礼《れい》にはおよばない。これがぼくの仕事《しごと》だ。そして、これも。」

クオリアが右手《みぎて》をのばしてきた。

「え？」

冷《つめ》たい手《て》がひたいに押《お》しつけられる。

「きみはぼくと出会《であ》わなかった。SCP《エスシーピー》ガチャも――。」

○　○

帰《かえ》りのホームルームがおわったところで、カイトはヒサシのもとへ急《いそ》いだ。

「わるい、ヒサシ。教室掃除《きょうしつそうじ》、代《か》わってくんない？」

顔《かお》の前《まえ》で手《て》を合《あ》わせる。

「は？　なんでおれが？」

ヒサシはとてもイヤそうな顔《かお》をした。

「楽《たの》しみにしてたゲームが、きょうから解禁《かいきん》なんだよ。ガチ勢《ぜい》はとっくにはじめてるだろうから後《おく》れをとりたくないいんだ。こないだ、つぎは代《か》わってやるっつったろ？」

カイトが食《く》い下《さ》がると、ヒサシは「あー。」と髪《かみ》をかきあげた。

「言《い》ったわ。しゃーない。きょうはサッカー部《ぶ》、休《やす》みだし。」

「さんきゅ！　今度《こんど》、うち来《き》たときやらせてやるからさ。」

「**約束**《やくそく》だぞ？」

ヒサシがなにげなく口《くち》にした約束《やくそく》という言葉《ことば》。

そのひびきに、思《おも》わずカイトは胸《むね》が熱《あつ》くなる。

なぜなのかはよくわからない。

でも、友《とも》だちと約束《やくそく》をかわすことができるのが、いまはうれしかった。

「おう！」

カイトはリュックを背負《せお》って、教室《きょうしつ》を飛《と》び出《だ》した。

SCPガチャ図鑑《ずかん》

半額《はんがく》

オブジェクトクラス
Euclid
ユークリッド

アイテム番号《ばんごう》
SCP-1/2-JP-J

特別収容《とくべつしゅうよう》プロトコル(Special Containment Procedures)《スペシャル コンテインメント プロシージャーズ》

1個体《こたい》ごとに8センチメートル立方《りっぽう》の透明《とうめい》なアクリル製密閉《せいみっぺい》容器《ようき》に収《おさ》められ、サイト-8181の小型生物収容室《こがたせいぶつしゅうようしつ》に保管《ほかん》されている。1日《にち》1回《かい》のエサやりが必要《ひつよう》。

説明《せつめい》

直径約《ちょっけいやく》3.7センチメートル、厚《あつ》さ約《やく》95マイクロメートル、体《たい》重約《じゅうやく》0.4グラムの棘皮動物《きょくひどうぶつ》。下面《かめん》の微細《びさい》な毛状構造《もうじょうこうぞう》により、平《たい》らな部分《ぶぶん》に吸着《きゅうちゃく》することができる。SCP《エスシーピー》-1/2-JP《ジェーピー》-J《ジェー》が張《は》りついた物品《ぶっぴん》を見《み》た者《もの》は、その価格《かかく》が本来《ほんらい》の半分《はんぶん》であると認識《にんしき》する。しかし、十分《じゅうぶん》な情報《じょうほう》をもつことで、この効果《こうか》の免疫《めんえき》を得《え》られる。

6 写《うつ》りすぎにご注意《ちゅうい》ください

SCP《エスシーピー》-978 欲望《よくぼう》カメラ

安達美空《あだちみそら》が小学校《しょうがっこう》から帰《かえ》ると、デスクの上《うえ》にインスタントカメラが置《お》いてあった。

「え！　ウソ！　ほんとに⁉」

昭和《しょうわ》レトロとでも呼《よ》べそうな古《ふる》めかしいデザインで、赤《あか》と黒《くろ》の配色《はいしょく》。

それは、５分《ふん》ほど前《まえ》にガチャで手《て》に入《い》れたフィギュアのカメラとそっくりだった。

ミソラは急《いそ》いでランドセルの中身《なかみ》を確認《かくにん》する。

「ない……フィギュアがなくなってる！」

カプセルや『**写《うつ》りすぎにご注意《ちゅうい》ください。**』などと書《か》かれた説明書《せつめいしょ》も消《き》えていた。

「**ほんとのほんとに願《ねが》いがかなったってこと？**」

10円《えん》で願《ねが》いがかなうと書《か》いてあって、少《すこ》し変《か》わったガチャだったけど、見本写真《みほんしゃしん》のフィギュアはかわいかった。

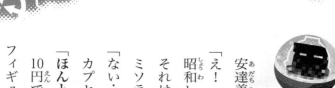

それをながめているうちに、やりたくてしかたがなくなった。

この機会《きかい》を逃《のが》したら、二度《にど》とチャンスはめぐってこないという気《き》がした。

そこで、ミソラは**新《あたら》しいカメラがほしい**と願《ねが》いながらガチャをまわしたのだった。

5年《ねん》2組《くみ》の女子《じょし》のあいだでは、インスタントカメラがはやっていた。

出《で》てきた写真《しゃしん》にペンで落書《らくが》きをして、かわいくデコるのだ。

なかよしのユナナもノッコも持《も》っているのに、自分《じぶん》だけが持《も》っていなくて、ひそかにあせりを感《かん》じていた。

「ママ！　このカメラ！　どうしたの！」

ミソラはカメラをかかえて、どたどた階段《かいだん》をおりた。

母《はは》はダイニングテーブルにノートパソコンを置《お》いて、会社《かいしゃ》のひととリモートで打《う》ちあわせをしていた。

こちらをちらっと見《み》て、くちびるに人差《ひとさ》し指《ゆび》をあてる。

じゃまをしてはいけないので、ミソラはおとなしく口《くち》を閉《と》じた。

母《はは》がひと区切《くぎ》りつけるのを待《ま》つあいだに、あらためてカメラを観察《かんさつ》する。

かなりむかしのデザインみたいだけど、中古《ちゅうこ》にしてはきれいだ。

ふと思《おも》い立《た》ち、ミソラは母《はは》にむけてカメラをかまえた。

ためしにシャッターボタンを押《お》してみる。

ガチャン、とハデな音《おと》がして、あかんべーをするように写真《しゃしん》が出《で》てきた。

「おおお。」

なんだか感動《かんどう》する。手《て》にとってながめていると、はじめはうっすらとしか見《み》えていなかった写真《しゃしん》がだんだんはっきりしてきた。

「……え？　あれ？」

なんだかおかしい。

ミソラが写《うつ》したのは、ノートパソコンにむかう母《はは》の姿《すがた》だ。

なのに、写真《しゃしん》に写《うつ》っているのは、**山盛《やまも》りスイーツを頬張《ほおば》る母《はは》**だった。

「どういうこと……？」

首《くび》をかしげていると、母《はは》が「ありがとうございました。失礼《しつれい》します。」と打《う》ちあわせをおえた。

「ごめんね、ミソラ。おかえり。」

ミソラは、なんとなく手《て》にしていたカメラと写真《しゃしん》をうしろにかくした。

「うん、ただいま。」

「それで、なにか用《よう》だった？」

「えっ、と……ママ、わたしにプレゼントとか買《か》ったりした？」

「プレゼント？」

母《はは》は首《くび》をかしげた。

「ミソラの誕生日《たんじょうび》はまだ先《さき》だし……なんで？」

母《はは》は心《こころ》の底《そこ》から、なんで？　という顔《かお》をしている。

カメラをデスクに置《お》いたのは、母《はは》ではないのかもしれない。

母《はは》がＯＫ《オーケー》していないのなら、もちろん父《ちち》でもないはずだ。

「な、なんでもない。ごめん、変《へん》なこと聞《き》いて。」

「そ？」

「うん。ぜんぜん気《き》にしないで。あ、お仕事《しごと》おつかれさま。」

「ありがと。」

母《はは》は、ぐーっとのびをした。

「あ！　わたし、ちょっと出《で》かけてくるから！」

ミソラはカメラをかくしたまま家《いえ》を出《で》た。


「このカメラ、なんなんだろう？」

なぜミソラの部屋《へや》に置《お》いてあったのか？

両親《りょうしん》が買《か》ってくれたものではなさそうだ。

では、だれが？

泥棒《どろぼう》になにか盗《ぬす》まれたというなら、怖《こわ》いけど理解《りかい》できる。

しかし、侵入者《しんにゅうしゃ》がプレゼントを置《お》いていくというのは意味不明《いみふめい》だ。

やはり思《おも》いうかぶのはガチャだった。

「わたしのお願《ねが》い……本当《ほんとう》にかなったの？」

だとしても、なぞは残《のこ》る。

山盛《やまも》りのスイーツを頬張《ほおば》り、しあわせそうな顔《かお》をする母《はは》の写真《しゃしん》だ。

「どうして、現実《げんじつ》そのままじゃないんだろう？」

ミソラが写《うつ》したのは仕事中《しごとちゅう》の母《はは》であって、こんな姿《すがた》ではない。

それに、ここ2か月《げつ》ほど、母《はは》はダイエットにはげんでいた。

この写真《しゃしん》のように、甘《あま》いものをドカ食《ぐ》いするわけがなかった。

なにか特殊《とくしゅ》なカメラなのだろうか……。


「ミソラっち！」

名前《なまえ》を呼《よ》ばれて顔《かお》をあげると、ユナナとノッコが小走《こばし》りで近《ちか》づいてきた。

「それ、カメラ買《か》ってもらえたの？」

ノッコがさっそくミソラのカメラに気《き》づく。
「あ、うん、まあ……。」
買《か》ってもらえたわけではないので、あいまいな返事《へんじ》になってしまった。
「ねえ、ちょうどいいから、うちらのこと撮《と》ってよ。」
ユナナがハートのポーズをとった。
すかさずノッコもそれに合《あ》わせる。
どうしよう、と少《すこ》し迷《まよ》ったけれど、ミソラはカメラをかまえた。
シャッターボタンを押《お》す。
ガチャン、と音《おと》がして写真《しゃしん》が出《で》てきた。
ユナナとノッコが「どんな感《かん》じ？」と、ミソラの手《て》もとをのぞきこんでくる。
少《すこ》し待《ま》っていると、ふたりの姿《すがた》がうきあがってきた。
が、それはおかしな写真《しゃしん》だった。
ユナナとノッコが、互《たが》いの髪《かみ》や服《ふく》をつかみあっているのだ。

どちらも、すごい顔《かお》をしている。

「ちょ、なにこれ！」

「どういうこと！」

ユナナとノッコが同時《どうじ》に声《こえ》をあげた。

「へ？　な、いや……。」

ミソラ自身《じしん》、なにがなんだかわからない。

ただ、ひとつ思《おも》い出《だ》した。

以前《いぜん》、「**ぜったいにひみつだから。**」と前置《まえお》きしたユナナが、ノッコの悪口《わるくち》を言《い》っていたことがある。

きちんと胸《むね》にしまっておいたし、バレたわけでもないだろうけど、そのすぐあと、今度《こんど》はノッコが「**ぜったいないしょね。**」と、ユナナへの不満《ふまん》を口《くち》にしていた。

ふたりはいつもなかよしに見《み》えるけど、本当《ほんとう》のところ、そこまで互《たが》いを好《す》きでもないのかも、と、そのときミソラは思《おも》った。

とうとつにピンとくる。

もしかしたら、このカメラは、**心《こころ》のなかで思《おも》っていること**を写《うつ》してしまうのではないだろうか。

ダイエット中《ちゅう》の母《はは》は、甘《あま》いものをがまんしているからこそ、あんなふうにセーブしないで食《た》べたいと思《おも》っていた。

ユナナとノッコは、なかよしのフリをしているだけで、じつはきらいあっている。

説明書《せつめいしょ》の『**写《うつ》りすぎにご注意《ちゅうい》ください。**』とは、そういうことだったんだ！

「えっと……これは、あの、いや、なんか、AI《エーアイ》が……そう！　AI《エーアイ》が搭載《とうさい》されてて、もとの画像《がぞう》を自動《じどう》で調整《ちょうせい》してくれるんだよね！　でも、まだ使《つか》い方《かた》なれてなくて、変《へん》な写真《しゃしん》になっちゃった！　ちゃんと練習《れんしゅう》しとくよ！　あと、ごめん！　わたし用事《ようじ》があるからさ！　それじゃ！」

一方的《いっぽうてき》に言《い》うだけ言《い》って、ミソラはその場《ば》から走《はし》りだした。

「ふー。あせった。変《へん》な写真《しゃしん》撮《と》れちゃうんだもんな。」

公園《こうえん》のベンチで、ひと息《いき》つく。

「ユナナとノッコ、あのあと、ケンカになんないといいんだけど……。」

鉄棒《てつぼう》にすべり台《だい》、砂場《すなば》があるけれど、いまはだれもいなかった。

フェンスのむこう、車道《しゃどう》をはさんだむかい側《がわ》に、コインランドリーと銀行《ぎんこう》がならんでいる。街路樹《がいろじゅ》の緑《みどり》が地面《じめん》に影《かげ》をつくっていて、すずしげだ。

ミソラはカメラを見《み》つめる。

「これ、ほんとに心《こころ》のなかを写《うつ》せるなら、すごすぎじゃない？　たしかめないと。」

カメラの前《まえ》とうしろを逆《ぎゃく》にして、レンズを自分《じぶん》にむけてみる。

「走《はし》ってのどがかわいたなー、なんか飲《の》みたいなー。」

口《くち》に出《だ》しながら、シャッターを切《き》った。

出《で》てきた写真《しゃしん》を手《て》にとり、しばらくながめていると、**ペットボトルに口《くち》をつけているミソラ自身《じしん》の姿《すがた》**がうきあがってきた。

「……マジか。やばい。」

とはいえ、写真《しゃしん》に心《こころ》のなかが写《うつ》せたとしても、のどのかわきが癒《い》えるわけではないので、自動販売機《じどうはんばいき》でお茶《ちゃ》を購入《こうにゅう》して、ごくごく飲《の》む。

それからカメラの使《つか》い道《みち》を考《かんが》えた。

「うまく使《つか》えば、いろいろできる気《き》がする。」

たとえばテストのとき、解答《かいとう》を知《し》っているひとを写《うつ》せば、答《こた》えがわかったりしないだろうか？

いや、可能《かのう》だとしてもそれはカンニングだな。

もっとなにか、役《やく》に立《た》つ使《つか》いかたはないだろうか……。

そのとき、歩道《ほどう》を歩《ある》く若《わか》い男《おとこ》のひとが見《み》えた。犬《いぬ》をさんぽさせている。

「このカメラって人間《にんげん》にしか使《つか》えないのかな？」

思《おも》いついたら、ためしたくなった。

そっとカメラをかまえて、犬《いぬ》と飼《か》い主《ぬし》の写真《しゃしん》を撮《と》る。

しばらく待《ま》つと、なんとも奇妙《きみょう》な写真《しゃしん》ができあがった。

リードでつながれた人間《にんげん》を犬《いぬ》が引《ひ》いている写真《しゃしん》だ。

なるほど。あの犬《いぬ》は自分《じぶん》が飼《か》い主《ぬし》のつもりなんだ。

どうやら、このカメラはひと以外《いがい》でも使《つか》えるらしい。

「すご。おもしろい。あ、でも、これ何枚《なんまい》撮《と》れるんだろ？」

すでに4枚《まい》使《つか》ってしまった。

「フィルムって、ふつうのに対応《たいおう》してるのかな。」

交換《こうかん》できるかわからないから、むだに使《つか》わないほうがよさそうだ。

「ん？　これ、なんだろ？」

リードでつながれている人間《にんげん》と飼《か》い主然《ぬしぜん》とした犬《いぬ》のうしろに、気《き》になるものが写《うつ》っていた。

ぼやけているので少《すこ》しわかりにくいけど、**大《おお》きな黒《くろ》いカバンを持《も》った人物《じんぶつ》**が確認《かくにん》できる。そのひとは顔《かお》をお面《めん》でおおっていた。

カバンからは、なにかがぽろぽろこぼれている。

ミソラには、それがお札《さつ》の束《たば》に見《み》えた。

写真《しゃしん》から顔《かお》をあげる。

銀行《ぎんこう》の前《まえ》に、男《おとこ》のひとが立《た》っていた。なにげない様子《ようす》でスマホをいじっている。

ミソラは写真《しゃしん》とその男《おとこ》のひととを見《み》くらべた。

もしも、このカメラが心《こころ》のなかを写《うつ》してしまえるのなら。

あ、あのひとは、い、い、銀行強盗《ぎんこうごうとう》を、か、考《かんが》えて、い、い、いるのでは、な、ないか？

思《おも》いついたとたん、心臓《しんぞう》がばくばくあばれだす。

たいへんだ！　早《はや》く警察《けいさつ》に通報《つうほう》しないと！

いやでも、まだ事件《じけん》は起《お》きていないのに、信《しん》じてもらえるだろうか？

証拠《しょうこ》もないし……証拠《しょうこ》？

そうだ！　写真《しゃしん》だ！

こんなぼやけた写真《しゃしん》ではなく、はっきり銀行強盗《ぎんこうごうとう》している場面《ばめん》を撮影《さつえい》すればいい！

ミソラはさっと周囲《しゅうい》を見《み》まわした。

先《さき》ほどの犬《いぬ》と飼《か》い主《ぬし》はすでに見《み》えない。

離《はな》れたところに車《くるま》が1台停《だいと》まっているだけで、近《ちか》くに通行人《つうこうにん》はいなかった。

よし。これなら、男以外《おとこいがい》を写《うつ》す心配《しんぱい》はない。

公園《こうえん》を出《で》て、ミソラは男《おとこ》に近《ちか》づいた。

むこうはスマホに視線《しせん》を落《お》としていて、こちらには気《き》づいていない。

ごくりとのどを鳴《な》らし、カメラをかまえ、シャッターボタンを押《お》す。

ガチャン、とすごい音《おと》がひびき、男《おとこ》がふりかえった。

しまったと思《おも》っても、もうおそい。

目《め》があって、心臓《しんぞう》がちぢこまる。

「おい、なにを撮《と》った？」

「え、べ、べつに、なにも……。」

「おれを撮《と》ったのか？　おい見《み》せてみろ。」

とっさに動《うご》けず、ミソラは写真《しゃしん》とカメラをうばわれてしまった。

写真《しゃしん》を見《み》た男《おとこ》はまゆをひそめる。

「なんだ、これは？　どういうトリックだ？」

男《おとこ》が写真《しゃしん》を突《つ》きつけてきた。

そこには、札束《さつたば》でふくれたカバンを持《も》つお面《めん》の男《おとこ》がはっきり写《うつ》っていた。

「おまえ、計画《けいかく》のことを知《し》ってるのか？」

ミソラは返事《へんじ》をすることも、逃《に》げることもできなかった。

「くそ。」

男《おとこ》は歩道《ほどう》の植《う》えこみへカメラをほうり投《な》げると、写真《しゃしん》をにぎりつぶしてポケットに入《い》れた。

乱暴《らんぼう》に、ミソラの腕《うで》をつかむ。

「つつつ!?」

恐怖《きょうふ》で体《からだ》がすくんだ。

さっき通行人《つうこうにん》がいなかったことは確認《かくにん》ずみで、だれも助《たす》けにきてくれない。

と、道《みち》のむこうに停車《ていしゃ》していた車《くるま》が近《ちか》づいてくるのが見《み》えた。

お願《ねが》い！　助《たす》けて！

そう思《おも》ったけれど――。

「乗《の》れ。」

その言葉《ことば》で、車《くるま》が男《おとこ》の仲間《なかま》のものだとわかった。

後部座席《こうぶざせき》のドアがあけられる。

「ちょっと、その子《こ》だれ？」

運転席《うんてんせき》にはサングラスをかけた女《おんな》のひとがすわっていた。

「知《し》るかよ。おれたちの計画《けいかく》を知《し》ってやがったんだ。おかしな写真《しゃしん》なんか撮《と》りやがって。さっさと乗《の》れ！」

男《おとこ》のどなり声《ごえ》に、また体《からだ》がすくむ。

怖《こわ》くて、涙《なみだ》が出《で》てきた。

なにこれ？　なんなの？　やだ。やだやだやだやだ！

助《たす》けて！　だれか助《たす》けて！

叫《さけ》びたいのに声《こえ》にならない。

そのときだ。

「このカメラは、あなたのものですか？」

いつのまにか、近《ちか》くにひとが立《た》っていた。

整《ととの》った顔立《かおだ》ちで、男子《だんし》にも女子《じょし》にも見《み》える。

髪色《かみいろ》はピンクベージュ。白《しろ》いブレザーを着《き》て、ネクタイをしめていた。

とつぜん右腕《みぎうで》がみしみしと痛《いた》む。男《おとこ》が手《て》に力《ちから》をこめたのだ。

「いいか、だまってろ。しゃべったら、ただじゃおかねえぞ。」

耳《みみ》もとでささやかれ、背中《せなか》を汗《あせ》が伝《つた》った。

男《おとこ》は相手《あいて》にむきなおる。

「なんだ？」

「こちらのカメラはあなたのものでしょうか？」

そのひとは、例《れい》のインスタントカメラをこちらに差《さ》し出《だ》してくる。

「ん？　ああ、わるい。落《お》としちまったみたいだ。」

自分《じぶん》でほうり投《な》げておいて、男《おとこ》はそう答《こた》えた。

めんどうなやりとりを避《さ》けるためだろう。

男《おとこ》はカメラを受《う》けとろうと手《て》をのばす。

が、ピンク髪《がみ》のそのひとは1歩《ぽ》うしろにさがった。

「……なんだよ？」

「いえ、このカメラについて、ごぞんじなのか気《き》になりまして。」

「あん？　ただのインスタントカメラだろうがよ。」

「これはただのインスタントカメラではありません。**SCP《エスシーピー》－978**のコピーです。」

「エスシー……なんだって？」

「SCP《エスシーピー》－978、通称《つうしょう》『**欲望《よくぼう》カメラ**』です。オブジェクトクラスはSafe《セーフ》。オリジナルはサイト－17の保安《ほあん》ロッカーに保管《ほかん》されており、セキュリティクリアランスがレベル2以上《いじょう》の職員《しょくいん》であれば持《も》ち出《だ》しも操作《そうさ》も可能《かのう》とされています。」

欲望《よくぼう》カメラ？　と、ミソラはそのひとを見《み》つめる。

「SCP《エスシーピー》－978が写《うつ》すのは、そのとき被写体《ひしゃたい》がなにをしているかではありません。そのとき被写体《ひしゃたい》がなにをしたいと思《おも》っているか、です。たとえば、このように。」

ピンク髪《がみ》のそのひとは手《て》にしていたカメラのシャッターを切《き》った。

ガチャン、と大《おお》きな音《おと》がして。

「おい、なに勝手《かって》に撮《と》ってやがる！」

写真《しゃしん》が出《で》てくる。

男《おとこ》につめよられ、ピンク髪《がみ》のひとは、ふたたびすっと後退《こうたい》した。

そして、「ふむ。」とひとつうなずき、こちらに写真《しゃしん》を見《み》せつけてきた。

「その少女《しょうじょ》はあなたがたから**逃《に》げたい**と思《おも》っているようだ。あなたがたはその少女《しょうじょ》を**逃《に》がすまい**としている。両者《りょうしゃ》の心《こころ》のなかがぶつかりあい、こんな写真《しゃしん》になった。」

写真《しゃしん》には、全身《ぜんしん》を使《つか》ってあばれるミソラとそんなミソラを車《くるま》に押《お》しこもうとする男《おとこ》が写《うつ》っていた。

「誘拐《ゆうかい》の現行犯《げんこうはん》、といったところか。」

「なっ、なんだ、その写真《しゃしん》は!?」

男《おとこ》が大声《おおごえ》をあげる。

「これを警察《けいさつ》に見《み》せれば、まずいことになるだろうな。」

さっきまでのていねいな口調《くちょう》をやめて、挑発的《ちょうはつてき》にそのひとは言《い》った。

警察《けいさつ》という言葉《ことば》を聞《き》いたせいか、停車《ていしゃ》していた車《くるま》が、後部座席《こうぶざせき》のドアをあけたまま急発進《きゅうはっしん》する。

「バカ野郎《やろう》！　置《お》いてくんじゃねえよ！　くそ！　じゃまだ！　どけ！」

置《お》いていかれた男《おとこ》はミソラを突《つ》き飛《と》ばして、その場《ば》からかけだした。

「いたっ！」

転《ころ》んだ痛《いた》みに顔《かお》をしかめているあいだに、男《おとこ》も車《くるま》も逃《に》げてしまった。

「立《た》てるか？」

ピンクの髪《かみ》をしたそのひとが、手《て》を貸《か》そうとしてくれる。

「あ、はい。だ、だいじょうぶです。ひとりで――。」

自力《じりき》で立《た》ちあがろうとしたけれど、ひざがふるえて力《ちから》が入《はい》らなかった。

「す、すみません。」

結局《けっきょく》、手《て》を借《か》りて立《た》ちあがり、あらためてそのひとにむきなおる。

「ありがとうございました。わたし、怖《こわ》くて、なにもできなくて……。」

「無理《むり》もない。」

「あ！　そうだ！　警察《けいさつ》！　警察《けいさつ》に通報《つうほう》しないと！」

「不要《ふよう》だ。すでに通報《つうほう》してある。じきにつかまるだろう。ポケットには銀行強盗直後《ぎんこうごうとうちょくご》の写真《しゃしん》……実際《じっさい》には未遂《みすい》であるにしても、が残《のこ》っていることだし、証拠品《しょうこひん》のお面《めん》も出《で》てくるだろうから言《い》いのがれはできないはずだ。それよりも――。」

そのひとが右手《みぎて》をミソラに見《み》せた。

「こいつは回収《かいしゅう》させてもらう。」

さっきまで、少《すこ》し大《おお》きいくらいだったインスタントカメラは、いつのまにか小《ちい》さなフィギュアになっていた。

ミソラがガチャで手《て》に入《い》れたものだ。

「ほかにも写真《しゃしん》を撮《と》ったろう？　そちらもわたしてもらおう。」

言《い》われたとおりに、ミソラは写真《しゃしん》を差《さ》し出《だ》した。

そのひとは受《う》けとった写真《しゃしん》を確認《かくにん》し、1枚《まい》をこちらにむけてくる。

「これは、きみの友人《ゆうじん》か？」

ユナナとノッコがケンカしている写真《しゃしん》だった。

「あ、はい。ふつうにポーズしたところを撮《と》ったんですけど、なんか、ふたり、ケンカしてて……。心《こころ》のなかでは、お互《たが》いをきらいあってるのかなって……。」

「しかし友人《ゆうじん》なのだろう？」

「そう、ですけど……。」

ミソラは足《あし》もとに視線《しせん》を落《お》とす。

「でも、その姿《すがた》が本心《ほんしん》なら、この先《さき》はどうなるか……。」

「問題《もんだい》ないだろう。人間《にんげん》の心《こころ》とは、ふたしかなものだ。つねにゆれ動《うご》いている。これはたまたまだ。もう一度《いちど》、撮影《さつえい》すれば、肩《かた》でも組《く》んでいるかもしれない。」

ミソラは顔《かお》をあげた。

「……そんなものですか？」

「そんなものだ。」

そのひとは無表情《むひょうじょう》でうなずいた。

「SCP《エスシーピー》－978が写《うつ》すのは、あくまでもその瞬間《しゅんかん》の願望《がんぼう》にすぎない。それを本心《ほんしん》とは考《かんが》えないほうがいい。だから、犯罪計画《はんざいけいかく》を思《おも》いうかべるだけで実行《じっこう》しないという可《か》能性《のうせい》もあるにはある。先《さき》ほどの連中《れんちゅう》は、そうではなさそうだが。」

ピンク髪《がみ》のそのひとは、フィギュアと写真《しゃしん》をポケットにしまった。

「あの、どうしてそんなにくわしいんですか？　あなたはいったい……。」

「ぼくの名前《なまえ》はクオリア。ＳＣＰ財団《エスシーピーざいだん》のエージェントだ。」

「ＳＣＰ財団《エスシーピーざいだん》……ガチャにも書《か》いてありました。」

「あれは、願《ねが》いをかなえるという甘《あま》い言葉《ことば》で誘惑《ゆうわく》し、ＳＣＰ《エスシーピー》オブジェクトのコピーを生《う》み出《だ》す。見《み》つけて回収《かいしゅう》することが、ぼくの仕事《しごと》だ。もしまた見《み》かけることがあっても二度《にど》とかかわらないことだな。——**といっても、この助言《じょげん》をきみは覚《おぼ》えていられないのだが。**」

「え？」

クオリアがミソラのひたいに手《て》を押《お》しあてた。

ひやりと冷《つめ》たい。

「きょうのような体験《たいけん》をわざわざ記憶《きおく》しておく必要《ひつよう》もないだろう。」

〇〇

今月《こんげつ》12日《にち》、匿名《とくめい》の通報《つうほう》を受《う》けたK《ケー》県警《けんけい》は県内《けんない》に住《す》む会社員《かいしゃいん》の男《おとこ》（31）と交際相手《こうさいあいて》の女《おんな》（27）を強盗容疑《ごうとうようぎ》で逮捕《たいほ》した。

車《くるま》や自宅《じたく》からはうばった現金《げんきん》や盗難品《とうなんひん》のほか、犯行時《はんこうじ》に使用《しよう》していたと思《おぼ》しき仮面《かめん》やバッグなども押収《おうしゅう》されている。

ふたりは「まちがいない。」と容疑《ようぎ》を認《みと》めているという。

県内《けんない》では半年《はんとし》ほど前《まえ》から、複数《ふくすう》の施設《しせつ》で強盗事件《ごうとうじけん》が発生《はっせい》しており、警察《けいさつ》はふたりの関与《かんよ》があるものとみて捜査《そうさ》している。

SCPガチャ図《ず》鑑《かん》

欲《よく》望《ぼう》カメラ

オブジェクトクラス
Safe
セーフ

アイテム番号《ばんこう》
SCP-978

特別収容《とくべつしゅうよう》プロトコル(Special Containment Procedures《スペシャル コンテインメント プロシージャーズ》)

サイト-17の保安《ほあん》ロッカーH-J《エイチ ジェー》-12にて保管《ほかん》。セキュリティクリアランスがレベル2以上《いじょう》の職員《しょくいん》であれば、持《も》ち出《だ》しや操作《そうさ》がゆるされている。

説明《せつめい》

赤《あか》・黒《くろ》カラーのインスタントカメラ。撮影対象《さつえいたいしょう》がなにをしたいかを写《うつ》すことができ、ときに心《こころ》の奥底《おくそこ》の欲望《よくぼう》をあばく。カメラの効果《こうか》は、人間以外《にんげんいがい》の生物《せいぶつ》にも有効《ゆうこう》である。対照的《たいしょうてき》な欲《よく》望《ぼう》をもつ者《もの》が同時《どうじ》に撮影《さつえい》された場合《ばあい》、それぞれの欲望《よくぼう》がまざりあった形《かたち》で表現《ひょうげん》される。

7 どこまでもあなたを追《お》いかけます

SCP《エスシーピー》-173 彫刻《ちょうこく》-オリジナル

最初《さいしょ》にそれに気《き》づいたのは、妹《いもうと》のミアだった。


「ねえ、**お兄《にい》ちゃん。あの像《ぞう》、さっきも見《み》なかった？**」

入院《にゅういん》している祖母《そぼ》を見舞《みま》った帰《かえ》り道《みち》。

東《ひがし》の空《そら》からゆっくりと夜《よる》がやってくる――そんな夏《なつ》の夕暮《ゆうぐ》れどきのことだった。

それはベールをかぶった**女性像《じょせいぞう》**で、ぼくの身長《しんちょう》より大《おお》きかった。

「記憶《きおく》にないけど、どこで見《み》たんだ？」

「病院《びょういん》の前《まえ》。」

「あったっけ？」

よく覚《おぼ》えていない。

「新《あたら》しく建《た》てられたのかな。関係者《かんけいしゃ》が同《おな》じシリーズの像《ぞう》を寄贈《きぞう》してるのかもな。」

そう答《こた》えながら、ほんの少《すこ》し奇妙《きみょう》に感《かん》じた。

というのも、その女性像《じょせいぞう》はひと気《け》のない空《あ》き地《ち》にぽつんと置《お》かれていたからだ。

まさか、こんなところに設置《せっち》しないだろう。

一時的《いちじてき》なことで、これからべつの場所《ばしょ》へ運《はこ》ぶのかもしれない。

ふたりして像《ぞう》を見《み》つめていると、ミアがぼくの腕《うで》にしがみついてきた。

「なんだよ、どうかした？」

「**なんか、あの像《ぞう》、怖《こわ》い。**」

ベールでかくされたデザインのため、彫刻《ちょうこく》の表情《ひょうじょう》はよくわからない。

ただ、どことなく気味《きみ》がわるいのは同感《どうかん》だった。

なんだか、じっと見《み》られているような……。

でも、それを口《くち》に出《だ》して、妹《いもうと》をよけいに不安《ふあん》にさせたくはなかった。

「ミアは怖《こわ》がりだな。ほら、もう帰《かえ》ろう。夕飯《ゆうはん》のしたくをしないと。」

うちには両親《りょうしん》がいない。

母方《ははかた》の祖母《そぼ》がめんどうを見《み》てくれていたのだけど、その祖母《そぼ》も最近《さいきん》は調子《ちょうし》がわるく、入退院《にゅうたいいん》をくりかえしている。

ぼくがしっかりしないといけなかった。

2階建《かいだ》ての古《ふる》いアパートに帰《かえ》り、ささやかな夕飯《ゆうはん》を食《た》べてその日《ひ》はおわった。

けれどそれは、一連《いちれん》のできごとのはじまりでしかなかった。


翌朝《よくあさ》のことだ。

いっしょに登校《とうこう》していた妹《いもうと》がとつぜん声《こえ》をあげた。

「ねえ、お兄《にい》ちゃん！　あれ！」

ミアが指《ゆび》さすほうを見《み》て、ぼくはおどろいた。

「**像《ぞう》……だな。**」

道端《みちばた》にぽつんと立《た》っている。前日《ぜんじつ》まで、そこには存在《そんざい》していなかったのに。

だれかが、きのうの空《あ》き地《ち》から移動《いどう》させたのだろうか？

その足《あし》もと、アスファルトには**赤黒《あかぐろ》いもの**をひきずってきたようなあとが残《のこ》ってい
て、なんだか不気味《ぶきみ》だ。

ぼくはその像《ぞう》に近《ちか》づいてみた。

コンクリート彫刻《ちょうこく》などと呼《よ》ばれるものだと思《おも》う。

かなりの重量《じゅうりょう》がありそうだ。気軽《きがる》に運《はこ》べるものじゃないだろう。

「なんでこんなところにあるの……。」

ミアが心配《しんぱい》そうにつぶやく。

「きっと、どこかに運《はこ》んでいる途中《とちゅう》なんだよ。」

「そうだとしても、こんなところに置《お》いておく？」

「よくわからないけど、気《き》にすることないって。」

そう言《い》うと、ミアは口《くち》を閉《と》じてうつむいた。

が、すぐさま顔《かお》をあげる。なんだか泣《な》きそうな表情《ひょうじょう》だった。

「あのね、お兄《にい》ちゃん。」

「うん？」

「きのうね、わたし、お兄《にい》ちゃんが病院《びょういん》の先生《せんせい》と話《はな》してるときに、その……ガチャを見《み》つけたの。」

「ガチャ？　えっと……なんの話《はなし》？」

「お手洗《てあら》いのそばにあったの。SCP《エスシーピー》ガチャって。いつもは置《お》いてないのに。」

「へえ。それがどうした？」

「願《ねが》いをかなえてくれるガチャって書《か》いてあって。1回《かい》10円《えん》だったから、その、まわしたの。……むだづかいして、ごめんなさい。でも、わたし、あのね、**おばあちゃんのぐあいがよくなりますように**って思《おも》って。」

ミアは早口《はやくち》で言《い》うと、またうつむいた。

ぼくは、ふっ、と息《いき》をはいて、妹《いもうと》の頭《あたま》にそっと手《て》をのせる。

「おまえはやさしいな。そんなことで怒《おこ》るかよ。兄《あに》を見《み》くびるなよ。」

「ただ、ね。出《で》てきたのが、その……変《へん》なフィギュアで。」

ミアはもう一度《いちど》顔《かお》をあげた。

「……**あの像《ぞう》に、そっくりだった。**」

「あの像《ぞう》に？」

「なにかのご利益《りやく》があるのかなとも思《おも》ったんだけど、カプセルにいっしょに入《はい》ってた紙《かみ》には『**どこまでもあなたを追《お》いかけます。**』って書《か》いてあって……。」

「……追《お》いかける。」

「それだけじゃないの。カバンに入《い》れたのに、いつのまにか消《き》えちゃったの。」

「どこかで落《お》としたんだろ。」

「わたしもそう思《おも》った。でも、なくなったあとに、あの像《ぞう》を見《み》かけて……。」

なるほど。そういうことか。フィギュアが消《き》えると同時《どうじ》に像《ぞう》が現《あらわ》れたので、関係《かんけい》があるんじゃないかと疑《うたが》っているわけだ。

ぼくはミアの不安《ふあん》を少《すこ》しでも軽《かる》くしたくて、せいいっぱいの笑顔《えがお》をつくった。

「たまたまだって。気《き》にするなよ。」

その日《ひ》、学校《がっこう》がおわってから妹《いもうと》と病院《びょういん》へ行《い》くと、きのうまでひどく弱々《よわよわ》しかった祖母《そぼ》がとても元気《げんき》になっていたのでおどろいた。てっきりベッドで伏《ふ》せっていると思《おも》ったのに、談話室《だんわしつ》でほかの入院患者《にゅういんかんじゃ》と談笑《だんしょう》していたのだ。

「おばあちゃん！　歩《ある》いて平気《へいき》なの？」

「なんだか急《きゅう》に元気《げんき》になっちゃったの。心配《しんぱい》かけてごめんね、ミアちゃん。」

妹《いもうと》に抱《だ》きつかれた祖母《そぼ》は、まるでぼくらと同年代《どうねんだい》の少女《しょうじょ》のように笑《わら》ってみせた。

ただ、それですぐに退院《たいいん》というわけでもなくて、いくつかの検査《けんさ》のために、しばらく入院《にゅういん》しなければいけないとのことだった。

「よかったな、ばあちゃん、元気《げんき》になって。」

帰《かえ》り道《みち》、ぼくは妹《いもうと》にむかって言《い》った。

「うん！　きっとガチャがお願《ねが》いをかなえてくれたんだね！」

けさ、おびえていたのがウソみたいに、すっかり上機嫌《じょうきげん》だ。

ガチャについてはよくわからない。

願《ねが》いをかなえてくれるなんていうのは、ちょっと信《しん》じがたかった。

そもそも、本当《ほんとう》に病院内《びょういんない》にガチャなんてあったのだろうか？

ミアが見《み》かけたという場所《ばしょ》には置《お》いてなかったし、売店《ばいてん》のおじさんに聞《き》いても知《し》らないと言《い》われてしまった。

なにか、かんちがいしているのではないだろうか？

とはいえ、妹《いもうと》も祖母《そぼ》も元気《げんき》になってくれるなら、それでいい。

そのうち、登校《とうこう》するときに像《ぞう》を見《み》かけたあたりにさしかかった。

「あ、像《ぞう》がなくなってる！」

妹《いもうと》の言《い》うとおり、女性像《じょせいぞう》は撤去《てっきょ》されていた。

「やっぱり移動《いどう》させてる途中《とちゅう》だったんだろ。」

たいしたことではないように言《い》ったものの、じつは少《すこ》しほっとしていた。

けれどその数分後《すうふんご》——。

「ねえ、お兄《にい》ちゃん……あれって……。」

ぼくらはふたたび、こんわくさせられた。

アパートのそばに、あの像《ぞう》が立《た》っていたからだ。

「どうして……。いったいなんなんだ……？」

だれかがまた移動《いどう》させた？

でも、こんな場所《ばしょ》に放置《ほうち》していく意味《いみ》がわからない。

ほかの通行人《つうこうにん》も、ふしぎそうに女性像《じょせいぞう》を見《み》ていた。


……**ゴリ**……**ゴリ**……**ゴッ**、**ゴリ**……。

その夜《よる》、ふとんで寝《ね》ていたぼくは、**奇妙《きみょう》な物音《ものおと》**で目覚《めざ》めた。

ゴリ……**ゴッ**、**ゴッ**……**ゴリ**……**ゴリ**……。

それは外《そと》から聞《き》こえてくるようだった。
ミアはとなりのふとんで、おだやかな寝息《ねいき》をたてている。
時計《とけい》を見《み》たら、深夜《しんや》2時《じ》すぎだった。
ぼくはそっと起《お》きて、チェーンをつけたまま部屋《へや》のドアをあけた。
でも、なにも見《み》えない。ただ奇妙《きみょう》な音《おと》だけが聞《き》こえる。
ゴリ……ゴリ……ゴリ……。
チェーンをはずして外《そと》へ出《で》てみた。
外廊下《そとろうか》に立《た》ち、音《おと》がするほうへ目《め》をこらす——と。
なにか見《み》える。だれか……人影《ひとかげ》が……。
瞬間《しゅんかん》、ぞわっと**鳥肌**《とりはだ》が立《た》った。
道路《どうろ》のすみに見《み》えたのはひとではなかった。
あの女性像《じょせいぞう》**だった。**
どういうことだ？　なんで？

疑問《ぎもん》に思《おも》うのと同時《どうじ》に、ひとつの可能性《かのうせい》が思《おも》いうかんだ。

あの像《ぞう》は、ぼくたちのアパートに近《ちか》づいてきているのではないか？

「い、いや、でもまさか、像《ぞう》が動《うご》くわけがないし。」

そういえば、いつのまにか奇妙《きみょう》な物音《ものおと》が聞《き》こえなくなっていた。

あれは像《ぞう》をひきずる音《おと》だったのか？

犯人《はんにん》はあの像《ぞう》を置《お》いて、どこかへ行《い》ってしまったということか？

目的《もくてき》はわからない。

そいつはまたもどってくるだろうか？

これまでのことを考《かんが》えれば、なくはない。

だったら犯人《はんにん》の顔《かお》を見《み》て、警察《けいさつ》に通報《つうほう》してやる！

あの像《ぞう》をどうするつもりなのかは知《し》らないけど、道端《みちばた》に置《お》いていくなんて非常識《ひじょうしき》だ。通行《つうこう》のじゃまにもなる。

ぼくは外廊下《そとろうか》の手《て》すり壁《かべ》にかくれるようにして、像《ぞう》を観察《かんさつ》した。

しかし、10分《ぷん》、20分《ぷん》と待《ま》っても、犯人《はんにん》らしき人物《じんぶつ》はもどってこなかった。

とてもしずかだ。世界中《せかいじゅう》で、ぼくひとりだけが起《お》きているみたいに。

そのうち、まぶたが重《おも》たくなってきた。

うつら、うつらとして……。


「きゃぁあああああああああ！」

とつぜん、ものすごい**ひめい**が聞《き》こえてきて、飛《と》び起《お》きる。

いつのまにか、手《て》すり壁《かべ》にもたれて寝落《ねお》ちしていたらしい。

見《み》ると、ぼくたちの部屋《へや》のドアがあいていた！

「ミア！」

ぼくは部屋《へや》に飛《と》びこんだ。

明《あ》かりをつけたとたん、心臓《しんぞう》が止《と》まりそうになる。

あ、あの像《ぞう》が、妹《いもうと》に、の、し、か、か、り、そ、その、首《くび》に、手《て》を、か、け、て、い、い、た、の、だ。

「**うわぁあああああああああ！**」

ぼくは無我夢中《むがむちゅう》で像《ぞう》にタックルした。

むこうはコンクリートのかたまりだから、肩《かた》に激痛《げきつう》が走《はし》る。

でも、ミアの上《うえ》からどかすことには成功《せいこう》した。

像《ぞう》はミアの首《くび》に手《て》をかけていた姿勢《しせい》のまま、床《ゆか》に倒《たお》れる。

ぼくは、せきこむ妹《いもうと》を助《たす》け起《お》こした。

その小《ちい》さな背中《せなか》をなでながら、だいじょうぶか問《と》いかける。

けれど、つぎの瞬間《しゅんかん》、とてつもない痛《いた》みにおそわれ、目《め》の前《まえ》がかすんだ。

え？　と思《おも》い、後頭部《こうとうぶ》に手《て》をあてる。**ぬるり**とあたたかい。

目《め》の前《まえ》にもってくると、手《て》のひらが**赤く**ぬれていた。

ぼくの背後《はいご》に、こぶしをふりあげた女性像《じょせいぞう》が立《た》っていた。

像《ぞう》は動《うご》かない。

あまりの恐怖《きょうふ》で、ガチガチと歯《は》が鳴《な》る。

それでもぼくは、ミアをかばうように腕《うで》を広《ひろ》げた。
ぼくが妹《いもうと》を守《まも》る。ぼくが。かならず。
つばをのみこみ、**まばたき**をする。
ぽろりと涙《なみだ》がこぼれた。
直後《ちょくご》に、顔《かお》をなぐられて——。

○○

深夜《しんや》2時《じ》。ぼく以外《いがい》に通行人《つうこうにん》の姿《すがた》はなく、町《まち》は静寂《せいじゃく》につつまれていた。
こんな夜《よる》は、むかしのことを思《おも》い出《だ》してしまう……。
その記憶《きおく》を追《お》いはらうように頭《あたま》をふり、ぼくは足《あし》を進《すす》めた。
最近《さいきん》、この近辺《きんぺん》でSCP《エスシーピー》ガチャの関与《かんよ》が疑《うたが》われる事件《じけん》が複数発生《ふくすうはっせい》している。
となれば、こうして歩《ある》いていれば、遭遇《そうぐう》する確率《かくりつ》は低《ひく》くないはず——。

そう思《おも》っていた、まさにそのとき。

古《ふる》い民家《みんか》が建《た》ち並《なら》ぶ一角《いっかく》で、ぼくはそれを見《み》つけた。

「まさか……SCP《エスシーピー》ガチャ？　本物《ほんもの》か⁉」

かけよって確認《かくにん》する。

願《ねが》いがかなう⁉　SCP《エスシーピー》ガチャの世界《せかい》へようこそ‼

世《よ》にもふしぎなこと――異常存在《いじょうそんざい》を確保《かくほ》（Secure《セキュア》）、収容《しゅうよう》（Contain《コンテイン》）、保護《ほご》（Protect《プロテクト》）し、ひとびとを守《まも》ることが、SCP財団《エスシーピーざいだん》の役目《やくめ》なんだ。

たった10円《えん》で、きみも願《ねが》いをかなえちゃおう！

だけど危険《きけん》なオブジェクトが出《で》てきたときは……。
＊当運営《とううんえい》は、いっさいの責任《せきにん》をもちません。

SCP
ガチャ!
10円

説明文《せつめいぶん》にくわえて、フィギュアの見本写真《みほんしゃしん》が掲載《けいさい》されている。

「**本物《ほんもの》**だ。……まちがいない。」

体《からだ》の奥《おく》から、熱《あつ》い感情《かんじょう》がわきあがってくる。

「**ようやく見《み》つけた。**」

このオブジェクトに意思《いし》があるのか、現時点《げんじてん》ではわからない。

が、こいつに遭遇《そうぐう》した者《もの》は、ガチャをまわしたいという誘惑《ゆうわく》にかられる。

そうしてＳＣＰ《エスシーピー》オブジェクトはコピーされる。

ひとびとに危害《きがい》がおよばないよう、安全《あんぜん》に回収《かいしゅう》することが、ＳＣＰ財団《エスシーピーざいだん》のエージェントであるぼくの仕事《しごと》だ。

けれど一度《いちど》収容《しゅうよう》してしまえば、もう、ぼくには手出《てだ》しできなくなるだろう。

そうなる前《まえ》に――。

「いまここでガチャをまわしてしまえば……。」

危険《きけん》であることは、もちろんわかっている。

けれど。

それでも。

SCP、、、ガチャでなければかなえられない願《ねが》いもある。

まずはネクタイをはずし、ガチャとぼくとを結《むす》びつける。

ガチャの逃走《とうそう》をふせぐためだ。

それから10円玉《えんだま》を用意《ようい》した。指《ゆび》がふるえていて、手間《てま》どってしまう。

「落《お》ちつけ。落《お》ちつくんだ。」

深呼吸《しんこきゅう》をして、硬貨《こうか》を投入《とうにゅう》する。

頭《あたま》のなかに願《ねが》いごとをうかべながらハンドルをまわした。

ガチャン。

「やった、のか？　……これで、**願《ねが》いがかなう？**」

すぐには実感《じっかん》がわかない。けれど、なにかがこみあげてきた。

「はっ、ははは……ははは。なんだ、あっけないもんだな。」

しかし、そんなものなのかもしれない。

とにかく、これからはすべてがよくなる。そのはずだ。

「よし。早《はや》くガチャを回収《かいしゅう》して——と、その前《まえ》にカプセルの中身《なかみ》を確認《かくにん》しないと。」

カプセルをあけた瞬間《しゅんかん》、じわりと汗《あせ》がにじみ、言葉《ことば》を失《うしな》った。

説明《せつめい》を読《よ》まなくても、ぼくにはそれがなんだかわかる。

「**SCP《エスシーピー》-173**、通称《つうしょう》『**彫刻《ちょうこく》-オリジナル**』。」

かつてぼくら兄妹《きょうだい》をおそった、あの像《ぞう》だ。

祖母《そぼ》を回復《かいふく》させる代償《だいしょう》として現《あらわ》れた怪物《かいぶつ》。

コンクリートと鉄筋《てっきん》を主《おも》な素材《そざい》とする女性像《じょせいぞう》は、実際《じっさい》には生《い》きている。

そして、非常《ひじょう》に攻撃的《こうげきてき》だ。

ひとに見《み》られているあいだ、動《うご》くことはないが、**まばたきの一瞬《いっしゅん》でも目《め》を離《はな》せば、**
攻撃《こうげき》を仕掛《しか》けてくる。

大勢が行きかう街中であっても、だれの視界にも入っていない瞬間さえあれば、やつは動《うご》くことができる。

オブジェクトクラスはEuclid《ユークリッド》。財団《ざいだん》の管理下《かんりか》にあるコンテナ内《ない》に保管《ほかん》されており、入室時《にゅうしつじ》は3人以上《にんいじょう》での行動《こうどう》が求《もと》められる。つねにふたり以上《いじょう》の監視《かんし》の目《め》が必要《ひつよう》だからだ。

「くそ、こいつが出《で》てくるなんて……。」

ぼくはフィギュアをブレザーのポケットに押《お》しこんだ。

ガチャでひきあててしまった以上《いじょう》、SCP《エスシーピー》－173のコピーはかならず現《あらわ》れる。

「おそわれるのは時間《じかん》の問題《もんだい》だぞ。さっさとガチャを確保《かくほ》して、避難《ひなん》しないと。」

ガチャの本体《ほんたい》は下《した》にキャスターがついていた。

でもロックがかかっているようで、押《お》してもひいてもびくともしない。

……**ゴリ**……**ゴリ**、**ゴッ**……**ゴリ**……。

背後《はいご》から重《おも》い石《いし》でもひきずるような音《おと》が聞《き》こえてきて、ハッとする。

ふりかえると、30メートルほどの距離《きょり》をおいて、女性像《じょせいぞう》が立《た》っていた。

あわててブレザーのポケットに手《て》をあてたけれど、すでになんの感触《かんしょく》もない。

「……くっ。おそかった。」

深夜《しんや》の町《まち》は寝《ね》しずまり、ぼく以外《いがい》だれもいない。

ぼくは像《ぞう》を見《み》つめる。

ひとに見《み》られているあいだ、像《ぞう》は動《うご》くことができない。

けれど、ぼくもまぶたをあけつづけていられない。

まばたきの一瞬《いっしゅん》で、像《ぞう》は1歩《ぽ》ぶんこちらへ接近《せっきん》している。

「なんとかしないと……。」

ちらりとガチャを見《み》やり、すばやく視線《しせん》をもどす。

相手《あいて》はまた少《すこ》しこちらに近《ちか》づいていた。

まるで、『**だるまさんがころんだ**』だ。

「……選択肢《せんたくし》は多《おお》くないな。」

全速力《ぜんそくりょく》で走《はし》っても、おそらく逃《に》げきることはできないだろう。

コピーのＳＣＰ《エスシーピー》－１７３には、ガチャをまわした人物《じんぶつ》を追《お》いかけるという特性《とくせい》があるようだ。いずれは追《お》いつかれるし、なにより、ガチャをここに残《のこ》していかなければならない……。

だったら、いっそ、この場《ば》でもう一度《いちど》ガチャをまわすというのはどうだろう？

「そうか。その手《て》がある。」

ＳＣＰ《エスシーピー》－１７３の活動停止《かつどうていし》を願《ねが》ってガチャをまわせばいいのだ。

ただ、不安《ふあん》もある。

ＳＣＰ《エスシーピー》－１７３以上《いじょう》に危険《きけん》な異常存在《いじょうそんざい》がコピーされるかもしれない。

そうなれば、もはやぼくひとりでは対処《たいしょ》できないだろう。

「どうする？　どうする？　どうする？」

いや、賭《か》けるしかない。

ぼくは新《あら》たにとり出《だ》した10円玉《えんだま》を投入《とうにゅう》し、ハンドルをまわした。

出《で》てきたカプセルをさっとたしかめる。

「なるほどな。ＳＣＰ－１７３の活動《かつどう》を停止《ていし》させたければこいつを有効利用《ゆうこうりよう》しろ、というわけか。」


けれど、この場所《ばしょ》にとどまるのはまずい。

一般人《いっぱんじん》がやってきてしまった場合《ばあい》、まきこむ恐《おそ》れがある。

「どこか、ひとの立《た》ち入《い》らない場所《ばしょ》に移動《いどう》しないと。」

だが、そうなると結局《けっきょく》、ガチャをここに残《のこ》していかなければならない。

どうする？　どうすればいい？　どれが最善《さいぜん》だ？

あまり考《かんが》えている時間《じかん》はない。

単独《たんどく》でＳＣＰ《エスシーピー》－１７３とむかいあうには限界《げんかい》がある。

「くそ。」

すばやく視線《しせん》をめぐらせ、後方《こうほう》に建設中《けんせつちゅう》のビルを発見《はっけん》した。

足場《あしば》が組《く》まれ、シートでおおわれている。

像《ぞう》へ目《め》をもどすと、さらにぼくとの距離《きょり》をつめていた。

ぼくはガチャからネクタイをはずし、慎重《しんちょう》にあとずさりした。

ゆっくり。確実《かくじつ》に。

そうして、シートのすきまから建設現場《けんせつげんば》に侵入《しんにゅう》し、ペンライトをつける。

工事用機材《こうじようきざい》などが置《お》かれているが、中央《ちゅうおう》は広々《ひろびろ》としていた。

背後《はいご》から、**ゴッ**、**ゴッ**、**ゴッ**、という音《おと》がする。

ふりかえると、ほんの5メートルほどのところに像《ぞう》がせまっていた。

こちらに両手《りょうて》をのばしている。首《くび》をしめようとするみたいに。

ぼくは先《さき》ほど手《て》に入《い》れたカプセルを、相手《あいて》に見《み》せつけるようにして、ひらいた。

「**SCP《エスシーピー》－718**、通称《つうしょう》『**凝視眼球**《ぎょうしがんきゅう》』だ。オブジェクトクラスはKeter《ケテル》。」

一見《いっけん》、そのフィギュアはユリの花《はな》のような形状《けいじょう》をしている。でも実際《じっさい》は、ひとつの眼球《がんきゅう》を、眼筋《がんきん》や神経《しんけい》、血管《けっかん》の束《たば》が軸《じく》となって支《ささ》えているのだった。

像《ぞう》を見《み》つめながら、その場《ば》にしゃがみ、フィギュアを地面《じめん》に置《お》く。

ゆっくり立《た》ちあがり、1歩《ぽ》うしろへさがる。

じっと女性像《じょせいぞう》を見《み》つめながら、後退《こうたい》。

もう1歩《ぽ》。さらに1歩《ぽ》。

まぶたをひらきつづけているせいで、目《め》がかすんできた。

すばやくまばたきをする――。

たった一瞬《いっしゅん》で、像《ぞう》がこちらとの距離《きょり》を大幅《おおはば》につめていた。

「ぐっ、う。」

首《くび》に手《て》がかかっている。

ものすごい力《ちから》に息《いき》が止《と》まる――が。

女性像《じょせいぞう》のむこう、地面《じめん》に置《お》いていたフィギュアが振動《しんどう》をはじめた。

やがて頭《あたま》の重《おも》みに耐《た》えられなくなったように、くたりと軸《じく》が曲《ま》がる。

それから、ゆっくりと眼球部分《がんきゅうぶぶん》を起《お》きあがらせ、早送《はやおく》りでもするように巨大化《きょだいか》していった。

「は、なせ……っ！」

ぼくは、女性像《じょせいぞう》の手《て》から逃《のが》れて、物陰《ものかげ》に飛《と》びこんだ。

そっと様子《ようす》をうかがう。

眼球《がんきゅう》は野球《やきゅう》ボールほどの大《おお》きさとなり、全長《ぜんちょう》も1メートル以上《いじょう》に成長《せいちょう》していた。

いまや、ぼくの視線《しせん》がなくても、像《ぞう》は動《うご》けない。

い、い、SCP－718の眼球《がんきゅう》に見《み》られているからだ。
S、C、P－718には、視界《しかい》に入《はい》った生物《せいぶつ》を見《み》つめる特性《とくせい》がある。
女性像《じょせいぞう》が生《い》きている以上《いじょう》、見《み》ないわけがない。

SCP《エスシーピー》－718に見《み》られた者《もの》は、精神《せいしん》にダメージを負《お》い、目《め》の前《まえ》にあるSCP《エスシーピー》－718自身《じしん》を破壊《はかい》しようとする。SCP《エスシーピー》－718は体液《たいえき》を飛《と》び散《ち》らすことで、みずからを複製《ふくせい》するのだ。

しかし、SCP－173のほうは見《み》つめられると動《うご》けなくなってしまう！

ぼくの期待《きたい》したとおり、効果《こうか》をうち消《け》しあった両者《りょうしゃ》は、その場《ば》で静止《せいし》し――。

やがてどちらともなく、フィギュアの姿《すがた》にもどっていった。
危機《きき》が回避《かいひ》され、ぼくはその場《ば》にすわりこんだ。
「……助《たす》かった。」
でも、ほっとしてもいられない。ガチャを回収《かいしゅう》しなければ。
立《た》ちあがってフィギュアを2体《たい》ともひろいあげ、外《そと》へ出《で》る。
だれもいない夜《よる》の町《まち》。静寂《せいじゃく》。生暖《なまあたた》かな風《かぜ》。
急《いそ》いでひきかえしたその場所《ばしょ》に、ガチャはもうなかった。

○　○

窓《まど》のない白《しろ》い壁《かべ》に、白《しろ》い天井《てんじょう》。
ほこりひとつない白《しろ》い床《ゆか》。
SCP《エスシーピー》財団系列《ざいだんけいれつ》の病院《びょういん》の一室《いっしつ》。

医療器具《いりょうきぐ》につながれた少年《しょうねん》がひとり、ベッドで眠《ねむ》っている。

それを目《ま》の当《あ》たりにして、胸《むね》がかき乱《みだ》される。

「くそ！　もう少《すこ》しだったのに！」

ぼくは近《ちか》くのイスをけりつけた。

しかし、それでなにかが変《か》わるわけではない。

深呼吸《しんこきゅう》をし、イスをもとにもどして腰《こし》をおろす。

「ごめん、お兄《にい》ちゃん。チャンスをむだにしちゃった。」

けれど、**兄**《あに》が答《こた》えることはない。

ぼくを——**妹**《いもうと》**のわたし**を守《まも》ろうとして大《おお》ケガを負《お》った兄《あに》はあの夜《よる》から眠《ねむ》りつづけている。


あの夜《よる》。

ふとんで寝《ね》ていたわたしは、とつぜんの圧迫感《あっぱくかん》に目《め》を覚《さ》まし、ひめいをあげた。

わたしは女性像《じょせいぞう》にのしかかられていた。

必死《ひっし》に抵抗《ていこう》したけれど、像《ぞう》があまりに重《おも》くて逃《に》げることはできなかった。

あのときのわたしは、SCP《エスシーピー》－173の特性《とくせい》を知《し》らなかったから、視線《しせん》を何度《なんど》もそらしてしまった。

だから、あいつはわたしの首《くび》をしめることができたのだ。

ひめいを聞《き》きつけた兄《あに》が像《ぞう》をどかしてくれなかったら、わたしは窒息《ちっそく》して死《し》んでいただろう。もしかしたら、その前《まえ》に首《くび》の骨《ほね》を折《お》られていたかもしれない。

いまでも思《おも》い出《だ》せる。

わたしを守《まも》って、両腕《りょううで》を広《ひろ》げる兄《あに》の背中《せなか》を。

畳《たたみ》の上《うえ》に倒《たお》れるその姿《すがた》を。頭《あたま》から流《なが》れた血《ち》が広《ひろ》がっていくのも。

異常《いじょう》を観測《かんそく》したSCP財団《エスシーピーざいだん》のエージェントが助《たす》けにきてくれたおかげで、兄《あに》もわたしも命《いのち》は助《たす》かった。

けれど、**あれ以来《いらい》、兄《あに》は意識不明《いしきふめい》のままだ。**

SCP《エスシーピー》ガチャは幼《おさな》いわたしの願《ねが》いを、たしかにかなえてくれた。

祖母《そぼ》は回復《かいふく》し、無事《ぶじ》に退院《たいいん》することができた。

だが、まるでそのための交換条件《こうかんじょうけん》であったかのように、SCP《エスシーピー》－173のコピーが兄《あに》の意識《いしき》をうばってしまった。

兄《あに》を目覚《めざ》めさせることは、現代《げんだい》の医療技術《いりょうぎじゅつ》ではむずかしいという……。

本当《ほんとう》なら、いまこうしてベッドで寝《ね》ているのはわたしであるべきなのに。

だってガチャをまわしたのは、わたしなのだから。わたしの責任《せきにん》だ。

ごめんなさい。ごめんなさい。ごめんなさい。

わたしのせいで。わたしのために。

だから今度《こんど》は、わたしが兄《あに》を助《たす》けなければならない。

そのためなら、どんな手《て》でも使《つか》おう。

利用《りよう》できるものは、すべて利用《りよう》してやる。SCPガチャであっても。

わたしの願《ねが》いはただひとつ、**兄《あに》を目覚《めざ》めさせること。**

今回《こんかい》は残念《ざんねん》ながら失敗《しっぱい》だった。

ガチャを連続《れんぞく》してまわしたことで、兄《あに》を目覚《めざ》めさせるというひとつめの願《ねが》いはキャンセルされてしまったのだ。

でも、あと少《すこ》しだった。もう少《すこ》しで願《ねが》いはかなった。

なら、つぎこそは——。


「ぜったいに助《たす》けてあげるからね、お兄《にい》ちゃん。」

兄《あに》が意識《いしき》をとりもどすその日《ひ》まで。

わたしが兄《あに》——久尾理亜《くおりあ》になりきる。

「だから、もう少《すこ》しだけ待《ま》っていて。」

ＳＣＰ《エスシーピー》ガチャ（仮称《かしょう》）との遭遇報告書《そうぐうほうこくしょ》

アイテム番号《ばんごう》：未確定《みかくてい》

オブジェクトクラス：未確定《みかくてい》

特別収容《とくべつしゅうよう》プロトコル：神出鬼没《しんしゅつきぼつ》のため、２０××年現在《ねんげんざい》、収容不能《しゅうようふのう》。

説明《せつめい》：ＳＣＰ《エスシーピー》ガチャの高《たか》さは約《やく》1メートル。幅《はば》約《やく》35センチメートル。奥行《おくゆ》き約《やく》40センチメートル。

1回《かい》10円《えん》を代価《だいか》として願《ねが》いをかなえる。真《しん》に希望《きぼう》する形《かたち》で願《ねが》いがかなうとはかぎらない。ひとりで複数願《ふくすうねが》った場合《ばあい》は、最後《さいご》の願《ねが》いに上書《うわが》きされる。

対象者《たいしょうしゃ》にガチャをまわさせることで、ＳＣＰ《エスシーピー》オブジェクトをカプセルトイ（多《おお》くの

REPORT

場合《ばあい》フィギュア）としてコピーする。願《ねが》いとコピーされるオブジェクトのあいだには、ある程度《ていど》の関係《かんけい》が認《みと》められる。

対象者《たいしょうしゃ》がカプセルを入手《にゅうしゅ》すると、時間差《じかんさ》でフィギュアが実体化《じったいか》する。実体化《じったいか》するまで、最短《さいたん》で1分《ぷん》、最長《さいちょう》では3日《みっか》ほどかかる。

コピーされたSCP《エスシーピー》オブジェクトはオリジナルの効果《こうか》をほぼ忠実《ちゅうじつ》に再現《さいげん》するが、条件《じょうけん》によって多少《たしょう》のバラつきが確認《かくにん》された（別紙参照《べっしさんしょう》）。

コピーされたオブジェクトは、一定《いってい》の衝撃《しょうげき》を与《あた》えられるか、その効果《こうか》が発動不可能《はつどうふかのう》な状況《じょうきょう》に追《お》いこまれると、もとのフィギュアにもどる。

状況《じょうきょう》：筆記者《ひっきしゃ》はSCP《エスシーピー》ガチャと遭遇《そうぐう》するも、対象《たいしょう》が固定《こてい》されていたため、確保《かくほ》に失敗《しっぱい》した。今後《こんご》も調査《ちょうさ》をつづける。

筆記者《ひっきしゃ》：フィールド・エージェント　久尾美愛《くおみあ》

SCPガチャ図鑑《ずかん》

彫刻《ちょうこく》-オリジナル

オブジェクトクラス
Euclid
ユークリッド

アイテム番号《ばんこう》
SCP-173

特別収容《とくべつしゅうよう》プロトコル（Special Containment Procedures《スペシャル コンテインメント プロシージャーズ》）

　施錠《せじょう》されたコンテナに保管《ほかん》されている。コンテナ内《ない》の清掃《そう》にはかならず3名以上《めいいじょう》で入室《にゅうしつ》し、2名《めい》はまばたきせずにSCP《エスシーピー》-173を見《み》つめつづけなければならない。

説明《せつめい》

　コンクリートと鉄筋《てっきん》でできた像《ぞう》。生《い》きており、非常《ひじょう》に敵対《てきたい》的《てき》である。首《くび》を切《き》ったり、しめたりするなどの攻撃《こうげき》をおこなう。しかし、直視《ちょくし》されているあいだは動《うご》くことができない。SCP《エスシーピー》-173が通《とお》ったあとには、赤黒《あかぐろ》い排泄物《はいせつぶつ》と血液《けつえき》の混合物《こんごうぶつ》が残《のこ》る。

クレジット一覧

第１章

SCP-076 “アベル”

訳者▶m0ch12uk1 作成年▶2013年

URL▶http://scp-jp.wikidot.com/scp-076

SCP-458 はてしないピザボックス

訳者▶m0ch12uk1 作成年▶2013年

URL▶http://scp-jp.wikidot.com/scp-458

SCP-1305 Cat Lure／擬餌猫

訳者▶gnmaee 作成年▶2015年

URL▶http://scp-jp.wikidot.com/old:scp-1305

SCP-2952 地方グウェリン国際輸送

訳者▶kidonoi 作成年▶2017年

URL▶http://scp-jp.wikidot.com/scp-2952

第２章

SCP-1507 ピンク・フラミンゴ

著者▶Rex Atlas 作成年▶2021年

URL▶http://scp-jp.wikidot.com/scp-1507

SCP-2295 パッチワークのハートがあるクマ

訳者▶gnmaee 作成年▶2016年

URL▶http://scp-jp.wikidot.com/scp-2295

SCP-1146-JP くだん・バンシーの不謹慎漫才ショー

著者▶aisurakuto 作成年▶2018年

URL▶http://scp-jp.wikidot.com/scp-1146-jp

第３章

SCP-514 鳩の群れ

訳者▶gnmaee 作成年▶2015年

URL▶http://scp-jp.wikidot.com/scp-514

SCP-2329 その家には誰もいない

訳者▶C-Dives 作成年▶2016年

URL▶http://scp-jp.wikidot.com/scp-2329

第４章

SCP-910-JP シンボル

著者▶tsucchii0301 作成年▶2015年

URL▶http://scp-jp.wikidot.com/scp-910-jp

第５章

SCP-1/2-JP-J 半額

著者▶m0ch12uk1 作成年▶2014年

URL▶http://scp-jp.wikidot.com/scp-one-half-jp-j

第６章

SCP-978 欲望カメラ

訳者▶gnmaee 作成年▶2015年

URL▶http://scp-jp.wikidot.com/scp-978

第７章

SCP-173 彫刻－オリジナル

著者▶Moto42 作成年▶2007年

URL▶http://scp-jp.wikidot.com/scp-173

SCP-718 凝視眼球

訳者▶gnmaee 作成年▶2015年

URL▶http://scp-jp.wikidot.com/scp-718

＊著者紹介

にかいどう青《あお》

神奈川県出身。「ふしぎ古書店」シリーズ、「SNS100物語」シリーズ（以上、講談社青い鳥文庫）、『黒ゐ生徒会執行部』（PHP研究所）、『ポー短編集 黒猫』原作エドガー・アラン・ポー（ポプラ社）、『雪代教授の怪異学』（ポプラ文庫ピュアフル）など多数。

＊画家紹介

東京《とうきょう》モノノケ

静岡を拠点に活動する、妖怪と日本の古いものが大好きなイラストレーター。児童書の仕事に「もののけ屋」シリーズ（静山社刊）「みちのく妖怪ツアー」シリーズ（新日本出版社刊）など。ほか、自治体・企業のキャラクターデザインや全国のイベントのビジュアルなどを手がけている。

この作品は書き下ろしです。

読者のみなさまからのお便りをお待ちしています。
下のあて先まで送ってくださいね。
いただいたお便りは、編集部から著者へおわたしいたします。
〒112-8001 東京都文京区音羽2-12-21 講談社 青い鳥文庫編集部

講談社 青い鳥文庫

世《よ》にもふしぎなSCP《エスシーピー》ガチャ！①
かわいい猫《ねこ》にご用心《ようじん》
にかいどう青《あお》

2025年2月10日 第1刷発行

（定価はカバーに表示してあります。）
発行者 安永尚人
発行所 株式会社講談社
東京都文京区音羽2-12-21 郵便番号112-8001
電話 編集（03）5395-3536
販売（03）5395-3625
業務（03）5395-3615
N.D.C.913 190p 18cm
装 丁 primary.inc.,
久住和代
印 刷 TOPPANクロレ株式会社
製 本 TOPPANクロレ株式会社
本文データ制作 講談社デジタル製作

KODANSHA

ISBN978-4-06-538018-5

「講談社《こうだんしゃ》 青《あお》い鳥文庫《とりぶんこ》」刊行《かんこう》のことば

太陽《たいよう》と水《みず》と土《つち》のめぐみをうけて、葉《は》をしげらせ、花《はな》をさかせ、実《み》をむすんでいる森《もり》。小《こ》鳥《とり》や、けものや、こん虫《ちゅう》たちが、春《はる》・夏《なつ》・秋《あき》・冬《ふゆ》の生活《せいかつ》のリズムに合《あ》わせてくらしている森《もり》。森《もり》には、かぎりない自然《しぜん》の力《ちから》と、いのちのかがやきがあります。

本《ほん》の世界《せかい》も森《もり》と同《おな》じです。そこには、人間《にんげん》の理想《りそう》や知恵《ちえ》、夢《ゆめ》や楽《たの》しさがいっぱいつまっています。

本《ほん》の森《もり》をおとずれると、チルチルとミチルが「青《あお》い鳥《とり》」を追《お》い求《もと》めた旅《たび》で、さまざまな体験《たいけん》を得《え》たように、みなさんも思《おも》いがけないすばらしい世界《せかい》にめぐりあえて、心《こころ》をゆたかにするにちがいありません。

「講談社《こうだんしゃ》 青《あお》い鳥文庫《とりぶんこ》」は、七十年《ねん》の歴史《れきし》を持《も》つ講談社《こうだんしゃ》が、一人《ひとり》でも多《おお》くの人《ひと》のために、すぐれた作品《さくひん》をよりすぐり、安《やす》い定価《ていか》でおおくりする本《ほん》の森《もり》です。その一さつ一さつが、みなさんにとって、青《あお》い鳥《とり》であることをいのって出版《しゅっぱん》していきます。この森《もり》が美《うつく》しいみどりの葉《は》をしげらせ、あざやかな花《はな》を開《ひら》き、明日《あす》をになうみなさんの心《こころ》のふるさととして、大《おお》きく育《そだ》つよう、応援《おうえん》を願《ねが》っています。

昭和《しょうわ》五十五年《ねん》十一月《がつ》

講談社